如何写好一个故事

[英] 克里斯托弗·埃奇 著
[英] 帕德里克·马尔霍兰 绘
潘不寒 译

中信出版集团 | 北京

图书在版编目（CIP）数据

如何写好一个故事/（英）克里斯托弗·埃奇著；
（英）帕德里克·马尔霍兰绘；潘不寒译. -- 北京：中
信出版社，2022.3
书名原文：How to Be a Young Writer
ISBN 978-7-5217-3906-0

Ⅰ.①如… Ⅱ.①克…②帕…③潘… Ⅲ.①文学创
作方法—青少年读物 Ⅳ.①I04-49

中国版本图书馆CIP数据核字（2022）第002910号

How to Be a Young Writer
Text © Christopher Edge 2017
Illustrations © Pádhraic Mulholland 2017
This translation is published by arrangement with Oxford University Press
Simplified Chinese translation copyright © 2022 by CITIC Press Corporation
ALL RIGHTS RESERVED

本书仅限中国大陆地区发行销售

如何写好一个故事

著　者：［英］克里斯托弗·埃奇
绘　者：［英］帕德里克·马尔霍兰
译　者：潘不寒
出版发行：中信出版集团股份有限公司
　　　　　（北京市朝阳区惠新东街甲4号富盛大厦2座　邮编　100029）
承　印　者：嘉业印刷（天津）有限公司

开　　本：787mm×1092mm 1/32　　印　张：9.75　　字　数：150千字
版　　次：2022年3月第1版　　　　　印　次：2022年3月第1次印刷
京权图字：01-2019-4073
书　　号：ISBN 978-7-5217-3906-0
定　　价：45.00元

版权所有·侵权必究
如有印刷、装订问题，本公司负责调换。
服务热线：400-600-8099
投稿邮箱：author@citicpub.com

目 录

引言……………………………… 1

阅读指南………………………… 2

战胜无从下笔的恐惧…………… 4

你的故事………………………… 8

为你的故事做点研究…………… 12

设计情节，进行构思…………… 16

让人物鲜活起来………………… 22

构建你的世界…………………… 28

选择一个视角…………………… 34

找到你的声音…………………… 40

让故事充满生动的描写………… 46

行为及结果……………………… 52

场景和过渡……………………… 58

创作充满活力的对话…………… 64

创造一个令人震惊的开场……… 70

冲突与复杂性…………………… 76

构建高潮………………………… 82

完美结尾………………………… 88

情节漏洞与难题………………… 94

修改和编辑……………………… 100

选择书名………………………… 104

克服写作瓶颈…………………… 108

发表你的作品…………………… 112

成为一名作家…………………… 118

创作系列故事…………………… 124

创作一部戏剧…………………… 128

创作电视剧剧本………………… 132

创作电影剧本…………………… 136

创作广播剧……………………… 140

创作电子游戏脚本……………… 144

创作同人小说…………………… 148

重新合成一本书………………… 150

引言

如果你刚刚开始写作，想要寻找灵感，或者你有许多好故事要和大家分享，那么这本书会成为你的好帮手。

本书循序渐进，将会教你一步一步地写好一个故事：如何写出引人入胜的开头，如何创造一个令人信服的虚构世界，如何修补情节的漏洞，以及如何对写完的故事进行加工梳理。它不仅会帮助你解读故事的逻辑，而且还能指导你写出一个精彩的故事。

这本书将破解写作的密码。你会获得所有的技巧与窍门：从如何寻找代理人和出版商，到如何推进和优化你的作品，看看真正的作家是如何在网络和真实世界中分享他的故事的。

世界是由各式各样的故事构成的，不管你是想创作小说、电影、戏剧，还是撰写电视剧、广播剧，甚至电子游戏脚本，这本书都将助你一臂之力，帮你树立信心，激发你的创造力。

每个作家都是一个好的读者。我希望这本书能够启发你勇敢创作，和大家分享更多更好的故事。

克里斯托弗·埃奇

阅读指南

这本书将带着你体验故事创作的不同阶段，从寻找灵感到制订计划，再到具体写作，以及故事的修改。

如果你刚开始尝试创作，你可以通读全书；如果你想进一步修改已写好的故事，或者你想知道如何发表你的作品，你可以挑选相应章节阅读，获取相关的建议。

除此之外，本书还具有以下特色内容，希望对你的创作有帮助。

词汇表和检查表

使用词汇表和检查表，帮助你理解创作故事的各个方面，提升你的写作质量。通过提示语和提问等方式，辅助你规划和反思每个阶段的写作。你可以充分利用词汇表和检查表，这些都能帮你解密一部好小说的精华要素所在。

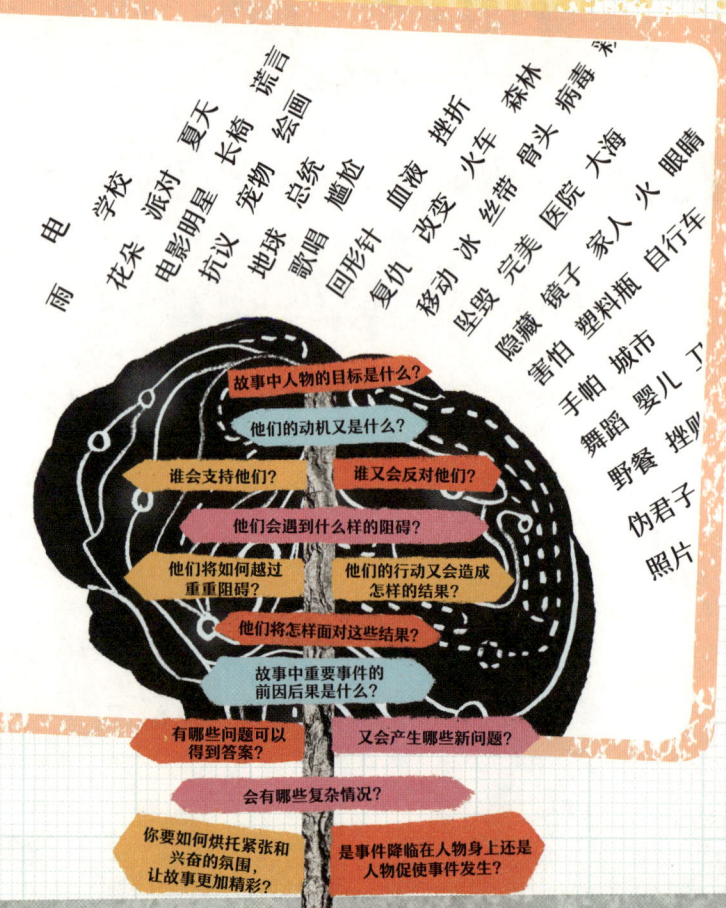

作者寄语

通过小提示、小窍门和一些友好的鼓励,你可以听到那些获奖的畅销书作家最真诚的建议。

马克·哈登说:

我希望我写的故事读起来就像坐过山车一样:故事的中间会有一个转折点,就像过山车到最高点,然后在重力的作用下开始加速,带你飞驰向终点。

马克·哈登是畅销书《深夜小狗神秘事件》(The Curious Incident of the Dog in the Night Time)的作者。

精彩摘录

下面是一些优秀小说的精彩片段,试试在你的故事里也模仿使用这些技巧。

这一刻,我在写作,就在厨房的水池里。我的脚就在池中,身子坐在水池边的滴水板上,板上垫着狗狗的盖毯和茶壶套。
——《我的秘密城堡》(I Capture the Castle),
多迪·史密斯

"我得挂了。"她弯下身子,准备把听筒放回电话机上。
"埃莉诺,等一下。"帕克说。此时,她可以听到爸爸在厨房发出的声响以及她怦怦的心跳声。
"埃莉诺,等等,我爱你。"
——《这不是告别,我们爱着爱着就长大了》
(Eleanor & Park),蓝波·罗威

我叫哈丽雅特·曼纳斯,我是个天才。
我知道我是个天才,因为我刚在网上查了一下天才的特征,我几乎全部具备。
——《所有那些闪光的》(All That Glitters),
霍利·斯梅尔

剧透警告

如果你看到这样的一个剧透警告的标志,先不要去阅读这些摘录,除非你已经知道书里将会发生什么!

战胜无从下笔的恐惧

你想写故事，但脑袋里一片空白？也许你有许多好的故事点子，却不知道怎么把它们组织起来，写到纸上。也许你甚至想尝试自己写一本书，但没想好要讲一个怎样的故事。试试下面的方法吧！

你需要的只是一本书

从你喜欢的书和故事中寻找灵感。知名作家有时候也会借鉴别人的想法，并把它们发展为独特的故事。

你有没有读过著名的《百万小富翁》(Millions)？这本书是围绕一对小兄弟发现了一个装满钱的背包展开的，而这个故事的点子就是作者弗兰克·科特雷尔·博伊斯从14世纪的一个故事——《赦罪僧的故事》(The Pardoner's Tale) 中挖掘出来的，那个故事讲的是一群朋友找到了宝藏以及之后发生的事。

马洛里·布莱克曼的《追逐繁星》(Chasing the Stars) 是依据莎士比亚的剧作《奥赛罗》创作的，但跟《奥赛罗》不同的是，故事的主角是一个女孩，而且故事发生在太空中！

想一想，从别的书中借鉴来的故事点子，你可以如何改变一下，从而写出新的故事呢？

米谢勒·罗伯茨说：

在开始写小说和故事时，我会先问自己一个问题，答案我不知道，所以，写作的过程就像一次探索未知的远航。

米谢勒·罗伯茨是一名小说家，也是一名诗人。

做好准备

写作的灵感总是来得很突然。如果灵感来了,你一定要随手把它记下来。

你可以把它记到笔记本上,或者记到手机的备忘录中。

你可以把你的想法一点一点说出来,用录音机录下来;也可以用相机把你看到的,引发你灵感的东西拍摄下来。

千万不要想着等一等再记录,灵感可能转瞬就消失了。

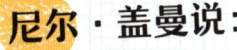

尼尔·盖曼说:

做白日梦时你可能会获得灵感,无聊的时候你可能会获得灵感,任何时候你都有可能获得灵感。作家与其他人之间唯一的区别是,灵感出现时,作家会留心去捕捉。

尼尔·盖曼是一名获得过许多文学大奖的作家,他既给大人们也给孩子们创作小说。

收集故事点子

你偶然发现的东西可以成为你写故事的线索。比如,教室地板上一个撕碎的纸条,被海浪冲上沙滩的一块木头,你可以用它们来激发自己的想象,编出不同的小故事。可以试试这样提问:

它是怎么到这儿的?

会有谁在寻找它吗?

它有什么用?

你可以按自己的兴趣编各种类型的故事,比如恐怖故事、爱情故事等。想想在你决定要写的那种类型的故事中,某件具体的东西该如何发挥作用。比如主角收到一位神秘的仰慕者寄来的情人节卡片,这可能是一个美好的爱情故事的开头,也可能是一个诡异的恐怖故事的开头。

让大脑自由运转

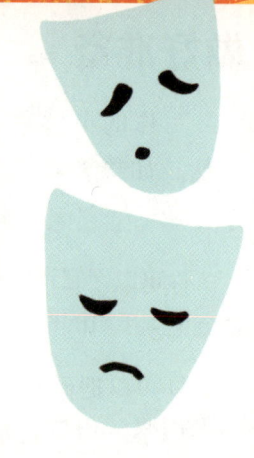

试试"自由写作",让你的思绪像泉水一样自由流淌。现在来试一下,在一定的时间内,围绕某个话题写点什么。别担心字有没有写对,标点有没有错,语法是否正确,自由写作可不管这些,重要的是你要尽情发挥创造力。

从下面的大脑词库中选一个话题,花五分钟时间就这个话题写点什么。把你关于它的每一点思考、记忆和联想都写下来,不管它们是不是杂乱无序。当你再去看你写下的内容时,也许其中某种想法、某个词或是某个短句会激发你的灵感,使你想到一个好的故事。

电　　学校　夏天　　　谎言
雨　花朵　派对　　长椅　　绘画
　　　　电影明星　　　　　
　　　　　抗议　宠物　　　
　　　　　　地球　总统　　
　　　　　歌唱　尴尬　　　
　　　　　回形针　血液　挫折
　　　　　　　　　　　　森林
　　　　　复仇　改变　火车　　
　　　　　　　　　　　　病毒　彩票
　　　　　坠毁　完美　医院　大海
　　　　　　　冰　丝带　骨头
　　　　　　　　　　　　　　　
　　　　　　　隐藏　镜子　家人　火　眼睛
　　　　　　　　害怕　塑料瓶　自行车
　　　　　　　　　手帕　城市
　　　　　　　　　舞蹈　婴儿　卫星
　　　　　　　　　野餐　挫败　真相
　　　　　　　　　伪君子　玩具　交通
　　　　　　　　　　照片　猎物
　　　　　　　　　　　　遗忘

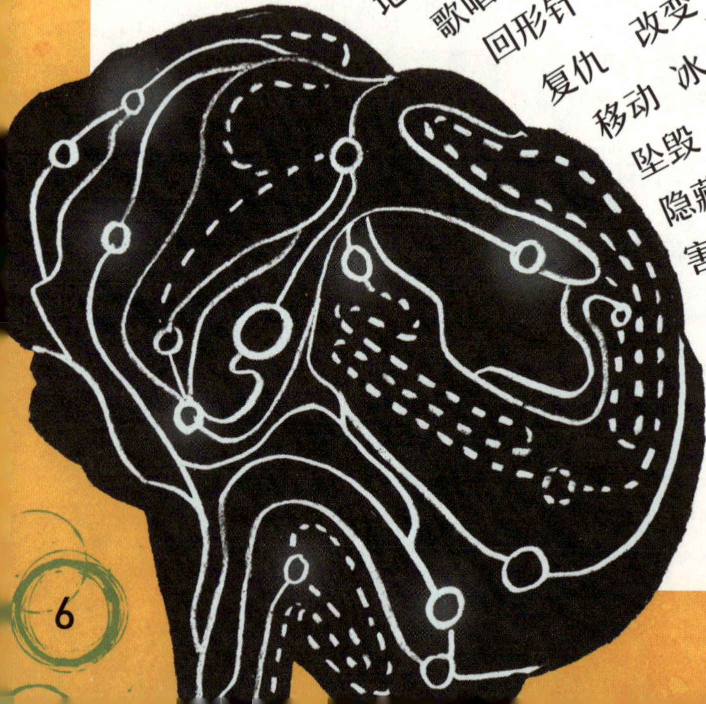

建立联系

故事不是一下子写成的。作家要把不同的想法、角色和场景衔接起来，以创造故事情节，最终才能写成故事。

如果每次灵感来临时你都有记下来，那么即便你一开始没有想好如何把不同的想法、角色和场景衔接起来，回过头去再看那些笔记，你也能想到如何在它们之间建立联系。

不要害怕改变想法。在你写故事时，可以随时调整最初的那些想法。

养成写作习惯

灵感对故事来说只是一颗种子。要让这颗种子变成一个完整的故事，你需要勤奋地进行写作。如果每天写一页纸，那几个月以后，你就会发现你写的东西快有一本书那么厚了。

找个写作的地方，可以是厨房的餐桌，也可以是图书馆，只要你能静心写作，在哪儿都行。

众所周知，J.K. 罗琳就是在一家咖啡馆中开始写第一部《哈利·波特》的。

还有一些作家在火车和飞机上写作。

在哪里写并不重要，重要的是动笔写。

别总想着你需要在固定的地方写作。在陌生的地方写作，常常能激发作家的灵感。

这一刻，我在写作，就在厨房的水池里。我的脚就在池中，身子坐在水池边的滴水板上，板上垫着狗狗的盖毯和茶壶套。我不能说这样真的让我舒服，尤其是我身边还有一股难闻的碳酸皂的味道，但这是厨房里唯一一处还有阳光的地方。而且我发现坐在一个你之前从未坐过的地方，真是令人文思泉涌啊。要知道我最好的诗就是坐在鸡舍上写的。

——《我的秘密城堡》，多迪·史密斯

你的故事

就写你自己

每个故事都有主角，不如你自己来做一回主角！当然喽，你的故事，由你自己来写最合适不过了。但这并不是说，你得写一篇自传，而是你可以从自己经历过的事情中挖掘灵感，来创造虚构的故事。

回忆与思考

回想一下你最久远的记忆，是什么事呢？把你记得的细节都写下来。

你看到了什么？

你听到了什么？这回忆也许还跟某种气味或味道有关？

这段回忆带给你哪些感受？

如果你能把这些细节组织起来，运用到写作中，把真实的生活经验转变成写故事的灵感，那便有助于你创造出令人信服的场景。

人物与肖像

有时候，读者可以从你写的故事中看到自己的身影。但这并不意味着，你应该让你的朋友和家人成为故事的角色。然而，如果故事中的角色以现实中的人物为原型，这个角色会让读者感觉很真实。

在你的脑海中回想一个你熟悉的人。他（她）的相貌、穿着、行为，还有他（她）说过的话，有什么特别有趣的地方吗？请详细地记下来。你可以把其中一种特征用到你故事的角色身上吗？

比如，某人每次说谎前总是会不经意地摸一下自己的鼻子；某人即使在阴天的时候也会戴太阳镜。

记得你只需要借用其中一两种特征，其他的特征需要你自己去想象和创造，这样你才能写出一个独一无二的角色，而不是一个真实人物的复制品。

看看镜子中的自己，仔细地想一想你自己有什么特征，不管是外表上的，还是个性上的，这也能帮助你构思角色的特征。

列举出你的优点和缺点，并写下它们都表现在哪些事情中。

你可以把其中一两种特征用到故事的角色身上吗？

克里斯托弗·埃奇说：
我觉得，我创造的每一个角色身上都有我的影子。

克里斯托弗·埃奇创作了时空穿越小说《艾比的多重世界》(The Many Worlds of Albie Bright)，他也是本书的作者！

我说不清为什么这么讨厌去上学。从早上醒来意识到必须把自己塞进那套深绿色的校服中的那一刻就开始了。我那少得可怜的自信就在那时悄悄溜走了。穿上衬衫，我觉得自己正在消失……套上那件让我浑身不自在的无袖连衣裙……该系领结了……要系得紧紧的，紧到好像要把我想说的话给勒回去，让它们变成硬块卡在喉咙里。一天就这样慢慢地熬着……一个小时接着一个小时，直到下午三点半。

——《洋蓟心》(Artichoke Hearts)，西塔·布拉马查里

以你故事中某个角色的视角来写日记，可以帮你更好地去探索这个角色在面对故事里发生的各种事件时会有怎样的感受。

回首往事

看看下面的这些提示语能否让你回忆起过去发生的事？下面这些提示语能成为你创作故事的起点吗？

- 我最喜欢的游戏
- （外）祖父母
- 我第一次感到恐惧
- 一次难忘的旅行
- 搬家
- 我最糟糕的一天
- 我最喜欢的地方
- 谎言
- 朋友与敌人
- 我的房间
- 我最悲伤的经历
- 尴尬的时刻
- 一生中最美好的时光
- 第一天
- 我的初恋

事实与幻想

记住,你写故事时,不必总是遵照事实。想一想,在生活中,有多少回你希望事情如果没有像现实中那样发展就好了?也许是在你犯错的时候,也许是在某件事进展特别不顺的时候,你都可能会有这样的念头。

请想象一下,如果你当时做了另一种决定,那事情会怎么发展呢?如果你能让事情朝着顺利的方向发展,那现实会有什么不同呢?请你把想象的情景写下来。

这会带来什么结果? 这会如何改变你的生活?

想象不同的行为以及它们所带来的不同结果,这有助于你创造出令人信服的情节。

秘密与真相

有些故事是围绕秘密展开的。想一想下面的问题,你能否根据它们来创造不同类型的故事呢?

是什么秘密?

是谁在守护秘密?为什么要守护这个秘密?

这个秘密一旦被发现,秘密的守护者会有怎样的情绪变化?

你可以试着写一个玄幻的爱情故事,比如,女主角发现她的男朋友实际上是个狼人;或者你可以写一个喜剧故事,比如,主角是一对看上去一模一样的双胞胎,他俩各有各的秘密,但他们的朋友总是把他们的秘密搞混,以至于引起了一连串荒唐搞笑的事情。

日记与博客

你可以通过写日记或写博客,梳理和记录你遇到各种事情时的感受。这不仅能帮你获得写作的灵感,对你构思人物、情节和场景也会有帮助。问问自己"如果……将会……",或者想一想"要是……那该多好啊",这能启发你把生活中发生的事情转变为故事中虚构的情节。

为你的故事做点研究

当你有灵感的时候,不要急着马上动笔。不管是写一部关于执行星际任务以拯救人类的史诗科幻小说,还是一部关于亨利八世灾难情史的历史喜剧,你一定要先收集好相关的写作材料。

提出合适的问题

把你想要了解的问题列成一个清单。这些问题可能关于故事的背景,或是关于故事中的人物,也可能是关于情节的任何一个方面。

如果你正在写一部关于凶杀案调查的侦探小说,你可能想知道案发现场的证据是如何搜集的。但是如果你写的故事发生在英国的维多利亚时代,你就需要了解那时候的警察会搜寻什么类型的证据。

你知道指纹证据是在1902年才首次出现并应用于英国法庭吗?

试着让你的故事符合事实吧,这样它会更令人信服。

> **弗朗西斯·哈丁说:**
>
> 让人物鲜活起来很有必要。人物可能被爱或是权力所驱使,但是不管怎样,他们仍然需要吃饱睡好,需要遮风避雨的港湾。
>
> 弗朗西斯·哈丁是《谎言树》(The Lie Tree) 的作者。

研究工具

确定目标以后，就可以开始你的研究啦。从参考书到上网搜索，你有很多可以利用的工具。你可以从一个宽泛的话题开始，比如"迷信"。然后缩小范围，关注与你的故事密切相关的某个方面或是问题。例如，如果 13 号那天恰好也是星期五，西方人会觉得不吉利，这是为什么呢？

图书馆是最好的研究场所之一。图书馆里充满了给人以灵感和启发的故事，图书管理员可以帮助你找到最合适的书。

你可以告诉他你想要找什么，为什么需要这些。

当你在图书馆有了新的或是有趣的发现，你的故事情节可能会因此转向，虽然研究的焦点有所变换，但不要因此感到害怕。

书中获得的信息总是比网上获得的信息更加可靠，所以在使用互联网搜索信息的时候记得多找几个来源。

将收集到的信息和其来源记下来。

你也可以把有用的网站收藏起来，下次就可以快速找到了。

13

研究人物、背景和情节

想一想你创作的故事的人物、背景和情节，通过以下问题确定你需要研究的具体领域。

人物

- 关于我创造的人物，我需要了解什么？
- 他们有什么需要我研究的特殊技能吗？
- 他们在现实生活中有原型可以让我进一步探究吗？

背景

- 故事发生在什么地方？
- 虚构故事发生的地点可以是现实地点吗？
- 有哪些需要我参观或者上网研究的现实地点？
- 关于背景设置我还有哪些可以探究的？

情节

- 为了让我的故事真实可信，我需要进行哪些研究？
- 我编写的情节需要进行专业研究吗？
- 我需要和谁聊聊？

在图书馆里，不要企图找到确切的答案，还是寄希望于运气吧。
——《你最后一次见她是什么时候？》(When Did You See Her Last?)，雷蒙尼·斯尼科特

"上网搜索"不等同于"做研究"。
——《失落的秘符》(The Lost Symbol)，丹·布朗

专家建议

有时候无论在网上还是书中都找不到你想要的信息，这时候可以寻求专家的帮助。也许你正在构思一个关于致命病毒的反乌托邦故事，需要一些深入的医学方面的建议。不如听听专家的意见吧，他们可以给你提供更多细节，确保你不犯任何错误。

和你研究的话题相关的专业组织就可以给你提供专家建议。所以，如果你在写一部关于彗星撞地球的科幻小说，不妨联系天文学会，他们会帮助你找到想要的信息。

利用社交媒体提问可以快速得到答案。

但是要记住，你在互联网上联系他人和机构的时候一定要保护好自己。

陷入困境

不要让研究占据过多时间。有时候你总觉得还少了一处信息，但这正是你的大脑在试图阻止你开始创作。在你创作的过程中，一定能找到更多的信息，所以有时候你得把尚不完善的研究放在一边，开始着手写第一章。

信息过多或过少都不合适。收集完信息之后，浏览一遍，找到最重要的信息来帮助你编写故事。你可以将收集到的信息根据主要场景、背景或人物进行分类。这样做可以在需要的时候便捷地找到你想要的信息。

设计情节，进行构思

如果你在字典里查 plot 这个单词，你会发现它有好几个解释。本书中的 plot 主要是指"话剧、小说或电影里的情节"，包括故事中发生的事件，以及这一系列事件的前因后果。

然而，plot 作动词时还有"密谋"的意思。

当你将最初的故事蓝图转换为情节的时候，最好在动笔之前想一想故事应该怎样发展。

当然，有些作家更倾向于跟随故事中人物的步伐，让情节自然发展。

不管你选择哪一种方法，多多思考情节有助于你写出精彩的故事。看看你最喜欢的书或者电影吧，想一想它们的情节是如何发展的。

情节：名词
话剧、小说或电影等文学作品里故事的变化和经过。

构建情节

想一想你的故事是怎样开始的。故事的开场发生了什么？

开场涉及哪些人物？

他们在做什么？

发生了什么事？

为什么要这样做？

对故事的开场进行提问会给接下来的情节提供灵感。你可以用蜘蛛网图、表格或者其他记笔记的方式记录下你的想法。

把你要写的故事想象成一座需要逐级攀登的山峰，故事中的每一个事件都是一级台阶，它都建立在前一级台阶的基础上。通过这个方法，你可以组织你的想法，从而形成连贯的情节。随着故事的发展，你会迎来登顶时刻。故事中的每一幕都为下一个事件埋下了伏笔。

不妨想一想你笔下的主角将要面临什么样的冲突。是什么阻止他们直接登上"山顶"，实现他们的目标？

你也可以计划一下你要为角色设置何种障碍。再想一想这些障碍要怎样联系在一起才能帮助你创作出一个有效的情节。

冲突：名词
争吵、争执或意见不合。

17

构思情节

利用以下问题构思一下故事的情节。

- 故事中人物的目标是什么?
- 他们的动机又是什么?
- 谁会支持他们?
- 谁又会反对他们?
- 他们会遇到什么样的阻碍?
- 他们将如何越过重重阻碍?
- 他们的行动又会造成怎样的结果?
- 他们将怎样面对这些结果?
- 故事中重要事件的前因后果是什么?
- 有哪些问题可以得到答案?
- 又会产生哪些新问题?
- 会有哪些复杂情况?
- 你要如何烘托紧张和兴奋的氛围,让故事更加精彩?
- 是事件降临在人物身上还是人物促使事件发生?

马克·哈登说：

我希望在书的第一页就能用有趣的事件吸引读者，一直到结束都能保持住他们的兴趣。我希望我写的故事读起来就像坐过山车一样：故事的中间会有一个转折点，就像过山车到最高点，然后在重力的作用下开始加速，带你飞驰向终点。

马克·哈登是畅销书《深夜小狗神秘事件》的作者。

高潮和结局

有些作家在写故事开场的时候就知道故事的最后一幕是什么样的，有些作家只有写到结尾的时候才能知道它是什么样的。不管你是哪一种，你都要确保你的故事有一个高潮。

侦探小说的高潮可能是揭露凶手的时刻，奇幻冒险小说的高潮可能是英雄和他最致命的敌人发生冲突的时候。高潮是故事发展中最戏剧化的时刻。

高潮过后即是结局。此时你将对所有未了结之事做出交代，告诉读者你笔下的主角在经历了故事中的事件之后发生了什么变化。你不一定要把它写成大团圆的结局，但是你要让读者对结局感到满意。

想象

用表格或流程图来策划故事中的事件，这样你就可以知道不同的事件是如何联系在一起的。或者你也可以建一个表格，把主要人物的名字列出来，再一一安排他们出现的场景。在创作的过程中，你可能会有更好的想法，这时候不要害怕，大胆地去修改吧。

避免情节漏洞

情节漏洞会让故事说不通。

你创作的故事中或许会有这样一幕：一位英雄扭伤了脚踝，但在下一幕中他却可以健步如飞了。

也可能出现这样的情形：某人在沙漠里失踪了好几天，却突然接听了来电！

所以，确保故事中事件之间的逻辑性很重要。如果你笔下的人物做了让人摸不着头脑的事，如果某事发生得平白无故，那一定是你的情节出现了漏洞，而你却忽略了。

> **卡罗琳·劳伦斯说：**
>
> 情节是故事里发生的事情。每个故事都要有一个框架，就像每个人都有骨骼一样。在这个框架的基础上增添内容，让故事变得充实，每个故事才变得独一无二。
>
> 卡罗琳·劳伦斯是"**罗马之谜**"（*The Roman Mysteries*）系列丛书的作者。

故事从何而起会影响整个故事的构建。读一读唐娜·塔特小说的开篇，想想故事将如何发展：接下来会写寻找杀害邦尼的凶手吗？还是把时间线拉回到过去，写一写他是怎么死的？

山上的雪正在融化，邦尼已经死了有好几个星期了，直到这时我们才明白事情的严重性。人们找到邦尼的尸体的时候，他已经死了10天了。这是佛蒙特州有史以来最大规模的一次搜捕行动。州警、联邦调查局，就连军用直升机都出动了。学校停课，汉普顿的印染厂停工，人们从新罕布什尔、纽约州北部，甚至波士顿远道而来。

——《校园秘史》（*The Secret History*），唐娜·塔特

21

让人物鲜活起来

想想那些你喜欢的故事吧。无论是哈利·波特还是夏洛克·福尔摩斯，斯各特·芬奇（《杀死一只知更鸟》的主人公）还是凯特尼斯·伊夫狄恩（《饥饿游戏》的主人公），伟大的作品中总是有很多让人难以忘怀的角色。好的故事不仅仅是一连串发生的事件，其关键在于生动展示故事中的人物是如何推动情节，又是如何应对变化的。

所以，你需要去相信故事里的人物，这样才能真切地感受他们经历了什么。当然，这并不代表你的读者非得喜欢你创作的角色。如果你的故事充满了完美的人设，男女主角都杰出非凡，那反而不太现实了。赋予你笔下的人物以真实，让他们有着各种缺陷与弱点，这样人物就写活了。

动机和冲突

我们称一个故事中的主要人物为主角。想一想你创作的故事的主角是谁。

他们为什么有那样的行为举止？

他们想做什么？

他们又需要什么？

不要把你预先确定的情节强套在主角身上，而是要让情节随着主角的动机自然发展下去。

主角的行为和渴望会引发故事中的冲突。

那么又是谁要阻止主角们实现目标呢？

一定会有一个反派！反派人物以个体或者群体的形式给故事的主角带来麻烦。记住，想要让你的故事更加可信，你需要让你笔下的反派有自己的行为动机。人物之间的冲突往往源于他们拥有相同或是相悖的目标。

改变是件好事

你创造的人物不是洋娃娃，也不是舞台上的木偶。不妨试着把他们看成真实存在的人，想象他们在故事中是如何一步一步变化的。故事的情节可以是一段主角的探索之旅，一路上他们不断有新的发现，对自己形成新的认识，从而在改变中获得成长。

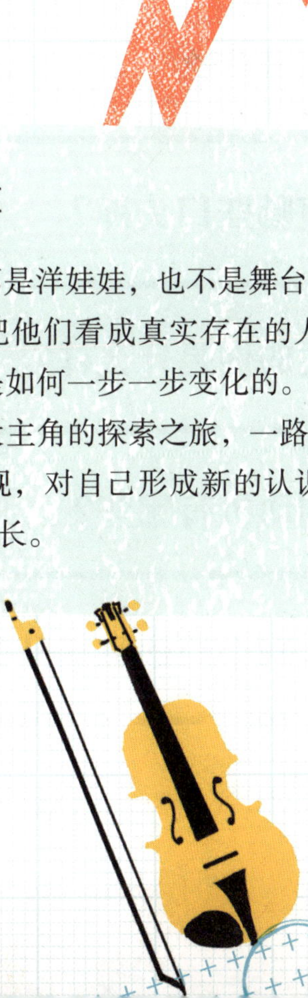

人物简介

利用以下提示为你故事中的主角、反派以及其他重要角色编写人物简介。

他说话的方式是怎样的？
（比如轻声细语、尖锐刻薄、浮夸吹嘘等等）

他有什么样的外形特征？
（比如身高、体型、发色等等）

他的名字是什么？

他需要什么？

他有哪些口头禅？

表面的他是什么样？

他的动机有哪些？

别人眼中的他又是什么样的？

他有哪些与众不同的特征？

他有哪些习惯或者怪癖？

他有哪些长处？

他渴望什么？

他内心在想些什么？

他害怕什么？

他有哪些弱点？

他会发生什么变化？

走进人物内心

你笔下的人物不应该仅仅浮于表面。就像在现实生活中，人们表面看到的并不一定是人物内心的感受。作为作者，你可以向读者传递角色的想法和情感，而且你描写人物行为和决定的方式也可以传达他们的想法和情感。

玛吉·斯蒂瓦特说：

我是如何塑造人物的呢？首先我以真实的人物为蓝本，再层层脱下他的外壳，让他变成一个更好的人，这样一个专属于我的角色就终于问世了。但是所有的角色都源于真实的人。

玛吉·斯蒂瓦特是一名为青少年创作科幻小说的作家。

如果你写的是犯罪故事，不妨仔细想想主角的动机。

如果主角是一位头发灰白的警探，那他通常有充分的理由调查案件。

但如果主角是一个少女，你就得想一个好的理由了，为什么她想要调查这起为这个故事作铺垫的案件呢？

也许是因为她的弟弟失踪了，她是事发前最后一个看到弟弟还活着的人。

通过解释人物所作所为的原因，读者会更加相信你创作的人物。

动机：名词
某人做某事的原因。

你可以利用人物间的对话来展现他们的期待和渴望。

"该死！该死！该死！"她说道，"我从没说过我为什么喜欢你，我得挂了。"

"好吧。"他说。

"是因为你很善良。"她说，"而且你听得懂我所有的笑话……"

"好吧。"他笑道。

"还有你比我聪明。"

"我没有。"

"还有你看起来像一个主角。"她不假思索地说。

"你看起来像是能笑到最后的那个人。你这么漂亮，人也友善，你有一双充满魔力的眼睛，"她呢喃道，"你让我觉得自己是一个食人魔。"

"你疯了。"

"我得挂了。"她弯下身子，准备把听筒放回电话机上。

"埃莉诺，等一下。"帕克说。此时，她可以听到爸爸在厨房发出的声响以及她怦怦的心跳声。

"埃莉诺，等等，我爱你。"

——《这不是告别，我们爱着爱着就长大了》，蓝波·罗威

J.K. 罗琳说：

我喜欢创造名字，但我也喜欢收集不同寻常的名字，这样我就可以在我的笔记本中找到适合新角色的名字了。

J.K. 罗琳是"哈利·波特"(*Harry Potter*) 系列丛书的作者。

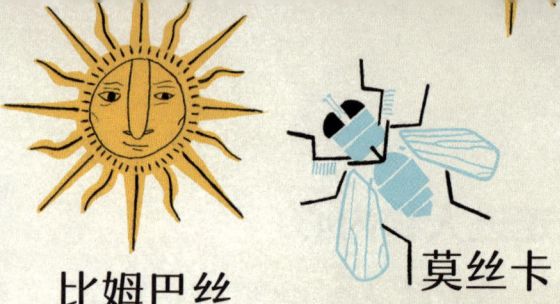

比姆巴丝　莫丝卡

给人物起名

人物的名字会影响读者对他的反应。假设你写的是一个神话故事，描述的是一位英勇的战士与龙决斗，如果这位战士的名字叫"史蒂夫"，那么你的读者可能不会相信你写的故事。

你起的名字可以反射出你赋予人物的品质。通常情况下，给婴儿起名的书籍或网站会指明名字的来源，以及名字最初的含义。

不如给那位战士起名叫 Kadir（卡迪尔）吧，这个名字代表"有力量"。故事中战士忠实的伙伴不妨就叫 Alden（奥尔登），这是"老朋友"的意思。

如果你写的故事发生在过去，记得参考史料找出当时最常见的名字。

如果你写的故事发生在当下，可以多看看报纸，以便找到合适的名字。

青蝇　　阿罗拉　　索琳娜

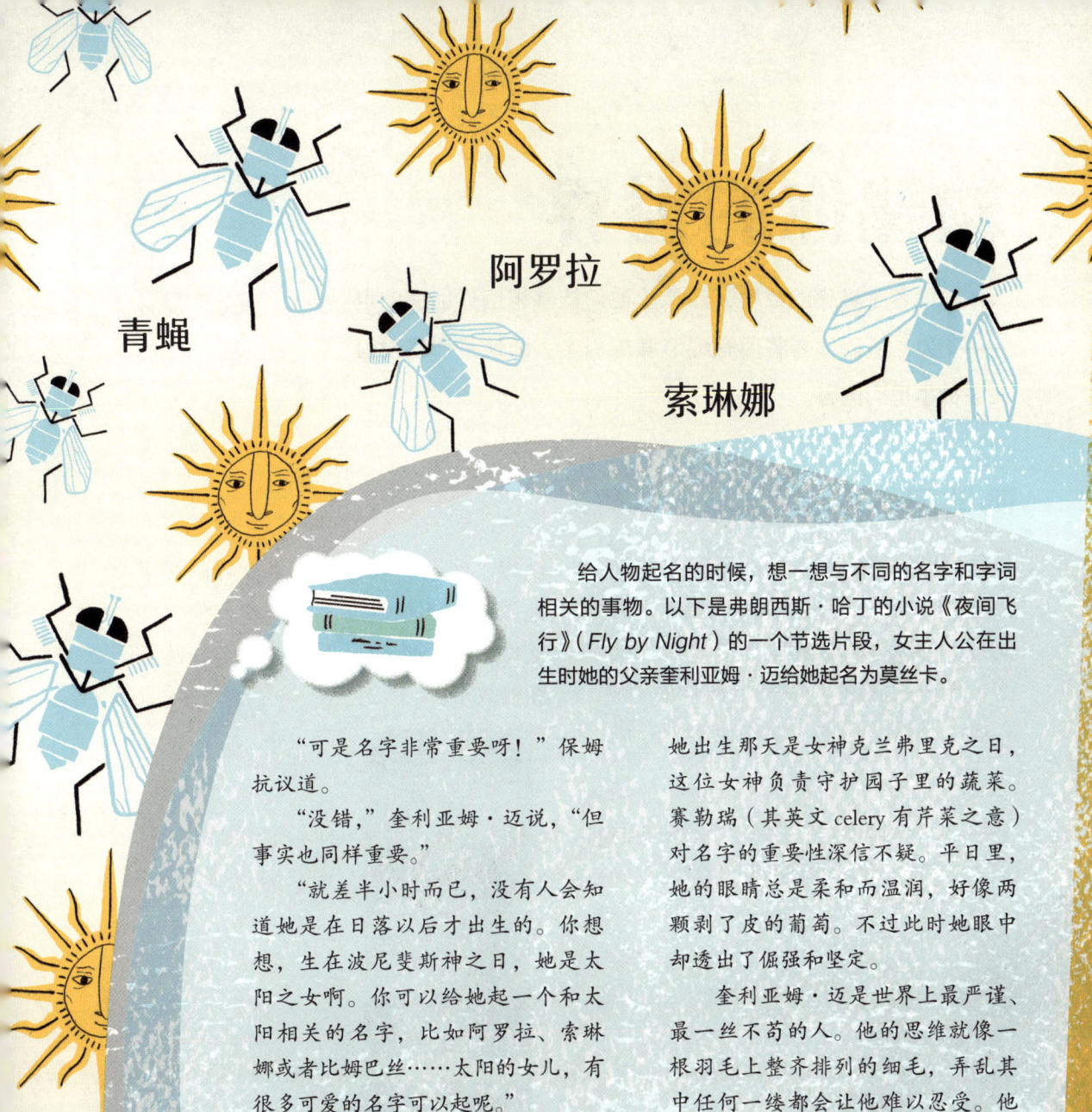

给人物起名的时候，想一想与不同的名字和字词相关的事物。以下是弗朗西斯·哈丁的小说《夜间飞行》(Fly by Night)的一个节选片段，女主人公在出生时她的父亲奎利亚姆·迈给她起名为莫丝卡。

"可是名字非常重要呀！"保姆抗议道。

"没错，"奎利亚姆·迈说，"但事实也同样重要。"

"就差半小时而已，没有人会知道她是在日落以后才出生的。你想想，生在波尼斐斯神之日，她是太阳之女啊。你可以给她起一个和太阳相关的名字，比如阿罗拉、索琳娜或者比姆巴丝……太阳的女儿，有很多可爱的名字可以起呢。"

"你说得对，但和这孩子没关系。日落之后，按照历法，就是帕尔皮托神之日，此神的职责是驱赶果酱和奶油搅拌桶上的苍蝇。"奎利亚姆·迈从书桌上抬起头，对上了保姆的目光。

"我的孩子得起名叫青蝇。"他的语气不容置疑。

保姆的名字叫赛勒瑞·邓诺克。她出生那天是女神克兰弗里克之日，这位女神负责守护园子里的蔬菜。赛勒瑞（其英文 celery 有芹菜之意）对名字的重要性深信不疑。平日里，她的眼睛总是柔和而温润，好像两颗剥了皮的葡萄。不过此时她眼中却透出了倔强和坚定。

奎利亚姆·迈是世界上最严谨、最一丝不苟的人。他的思维就像一根羽毛上整齐排列的细毛，弄乱其中任何一缕都会让他难以忍受。他的眼珠是黑色的，有些浑浊，就像被烟熏黑的玻璃。

保姆凝视着奎利亚姆·迈，他眼睛里蕴藏的思想是她无法理解的。

"她的名字叫莫丝卡，就这么定了。"奎利亚姆说。"莫丝卡"是飞虫非常古老的称呼，不过已经比叫"嗡嗡"或者"石蛾"好多了。

——《夜间飞行》，弗朗西斯·哈丁

构建你的世界

当读者走进你的故事,你希望他们能够相信你创造的世界。所以你要将所有细节考虑周全,即使是那些没有写进故事里的内容。

画地图

如果你写的是奇幻故事,你或许会想画一幅地图来让那光怪陆离的大地呈现在你的眼前。约翰·罗纳德·瑞尔·托尔金在写《霍比特人》之前就是这样做的。他将他笔下布满山川、河流和森林的中土世界画在了地图上,随着地图慢慢完整,他也能从中获得灵感,写出新的情节,甚至新的故事。

创造历史

试着想一想你所创造的世界有着怎样的历史。

究竟发生了什么事情才会出现读者在第一页看到的那一幕？

如果你写的是像《饥饿游戏》那样的故事，描写未来反乌托邦式的社会，故事中的人物不得不拼命战斗到生命的最后一刻，你可以问自己这样的问题：生命为什么是这样的？这可以帮助你创造一个更加可信的世界。

让故事更真实

即使读者了解你写的故事所发生的时代和背景，你还是要想一想其中的细节，让故事中的世界成为现实生活的真实写照。但是你也要小心，不要过多提及当红的明星以及流行的高科技产品，因为这些信息会让未来的读者猜到故事发生的时代。

想象你笔下的世界！

通过以下词语想象一下你创造的世界吧。每个词语分别有什么样的含义？想一想怎样才能把这些词语用在你的故事里。

记住，要考虑到你所做出的决定会产生什么样的后果。你做出的选择将会怎样影响人物的命运？比如说，如果你写的故事发生在一个人人都有魔法的世界，会有什么样的法律来制约这些能力的使用呢？

风景 地理 语言 教育 工具 能量 地下 礼节 交流 未来 动物 复兴 信仰 家庭 古代 环境 友谊 社会问题 荒地 旅行 工业 行为 哥特式 维多利亚风 外星人 蒸汽朋克 武器 中世纪 时尚 城市 魔法 异国风情 科技 乌托邦 贫民窟 疾病 巨型结构 原料 高山 反乌托邦 荒凉 月亮 犯罪 历史 建筑物 城邦国家 政府 商业 建筑 文明 运输 法律 原始 现代

灵感

如果你找不到灵感，可以尝试用网络工具找一找相关人物和地点的图片，让你的故事更吸引人。

故事中的人物穿戴什么样的服饰？

他们居住的地方又是什么样的？

你可以制作一个情绪板，将相关的图片、某个人说过的话以及其他能激发灵感的材料收集在一起，它们可以帮助你构想故事中的世界。

杰夫·诺顿说：

不管你正在写什么样的故事，仔细构建人物所在的世界至关重要，这会让你的故事更丰满，更真实，而你的读者也会更加陶醉其中，以至反复阅读或观看。

杰夫·诺顿是一名作家、编剧兼制片人，还是 Awesome 网站的创始人。

想象的空间

不要认为只有掌握了故事中的一切,你才能动手写。记住,你是在写小说,不是在写历史书!你只需要重点关注与所讲故事相关的世界,从而给读者留下丰富的想象空间。

托尔金说:

一直以来,我都想把我脑海中的一切记录下来,它们就在那儿,而不是我去创造它们。

托尔金是英国作家、诗人,因其经典奇幻小说《霍比特人》(The Hobbit)、《指环王》(The Lord of the Rings)和《精灵宝钻》(The Silmarillion)而为大家所熟知。

避免信息堆砌!

在创作故事的时候,你可以通过描写人物的动作和对话,从细节上填充你所创造的世界,但是记住一定要避免可怕的信息堆砌!一旦你那样做了,读者就会被雪崩般的信息淹没,你也会忘记自己在写故事。你所构建的世界应该让你的故事更加丰富,而不是取而代之。

M. 约翰·哈里森说：

科幻小说的每一幕都应该是写出来的，而不是构造出来的。

M. 约翰·哈里森是一名科幻小说作家。

莱尼·泰勒说：

我认为，在小说构建中，即使故事是虚构的，作家仍需要创造出一种文化感。

莱尼·泰勒是《烟雾和骨头的女儿》(Daughter of Smoke and Bone) 系列书籍的作者。

阅读以下节选，谈一谈你对下列人物所处的世界的看法。

这里居住着来自地球另一边的人类。神秘的并不是他们经历了什么，而是他们怎样发现自己处在地球的另一边。

——《墙》(The Wall)，威廉·萨特克利夫

在暴风雨侵蚀下的东南海域，一座山耸出水面，海拔一英里，形成了高特岛，人们都知道岛上住着巫师。

——《地海巫师》(A Wizard of Earthsea)，厄休拉·勒奎恩

"别打断我，小子！"阿尔比喊道，"如果我们把一切都告诉你，你马上就会拉裤兜子，然后一命呜呼。那些埋尸的就会把你拖走，那时候你对我们来说就什么用都没有了，不是吗？"

——《移动迷宫》(The Maze Runner)，詹姆斯·达什纳

选择一个视角

在开始动笔写下你的故事之前，你有一个重要的决定要做，那就是：

你想怎样来讲这个故事？

你叙述故事的视角将会影响你要描写的细节，也会影响读者对故事的反应。

究竟是谁的故事？

想想你的故事情节。你想要写的主角是谁？主角就是当事情发生时，他们会做出反应，从而推动故事情节向前发展的人物。

假设你写的是一部惊悚小说，主角可能是一个间谍，他发现了刺杀首相的阴谋，但随后却被陷害成刺杀案的主谋，从而不得不走上逃亡之路。

如果你能明确故事中的一个主角，这就可以成为你讲故事的视角。

第一人称视角

想象一下某个角色拿着摄像机,在你写故事的时候把它拍成了电影。每个场景都是通过故事中角色的眼睛感知的,读者可以随着故事的跌宕起伏分享他的想法和情感。

如果你写的是一个关于造访鬼屋的恐怖故事,用第一人称写会增加悬念,因为叙述者不知道下一步会发生什么。

第一人称视角写作的主要缺点是,它限制了你可以与读者分享的信息。只有当叙述者在场时,你才能描述场景。这种情况下,你可能无法写出一个需要读者先于主角知道某些关键信息的故事。

走进叙述者的内心

当你用第一人称写作时，你需要呈现出叙述者的人物性格。试着用下面这些问题来帮助你从叙述者的视角去思考故事中的每一个场景。

在这一场景开始时，叙述者的感觉如何？为什么？

在这一场景开始时，叙述者了解哪些重要信息？

有哪些重要信息是叙述者不知道的？

叙述者期待在这一场景中发生什么？

叙述者认为在这一场景中即将发生什么？

在这一场景中，什么可能会让叙述者感到惊讶呢？

叙述者会有怎样的情绪，为什么？

在这一场景中，叙述者还会遇到哪些角色？

叙述者怎么看待这些角色？

叙述者对场景中发生的事件会有什么想法？

在这一场景结束时，叙述者的感受又如何？

第一人称：我、我们

如果你的故事中有不止一个主要人物，你仍然可以使用第一人称视角。

如果你在写一个像《罗密欧与朱丽叶》那样的爱情故事，你可能会从两人的不同视角来讲述这个故事。通过切换不同章节，你可以让每个角色讲述他们自己的故事。

或者写一个出了问题的银行抢劫案的惊险故事？你可以从这帮劫匪中不同人物的视角来讲述这次抢劫行动。

同一个故事中，在不同的第一人称视角中进行切换可能有点棘手，有时也会让读者感到困惑。确保为你的故事选择一个恰当的叙述视角，并且在你创作之前已有信心这能行得通。

> **兰斯·鲁宾说：**
>
> 我一直喜欢用第一人称叙述。这就像和我最放纵不羁的朋友在一起，如果这位朋友很有趣，我就更有可能继续读下去。
>
> 兰斯·鲁宾是一名为青少年写故事的小说作家。

在汤姆·艾伦和露西·艾维森的小说《绝不》（Never Evers）中，两个主要人物——茂丝和杰克——轮流在不同的章节中讲述故事。每一章都以茂丝或杰克的名字开头，这让读者清楚地知道是谁在讲述。

茂丝

"你不能永远待在那里。"

尽管她看不见我，我还是戏剧性地翻了翻白眼，穿着衣服爬进了浴缸。我躺下，双臂交叉，像一个打盹儿的吸血鬼。这时一瓶草药精华掉在我头上，我实实在在地意识到，住在浴室里不是长久之计，这是没有办法的办法。在某一刻，我要么不得不从窗户跳出去，要么打开门锁偷偷溜出去。这可不是类似《勇敢的心》的剧情。不知道有没有人曾经把自己锁在洗手间里，然后成功地逃出去过？

杰克

我们三个坐在车厢中间的位置，每次学校旅行时我们总是坐在那儿。那是天生属于我们的位置。我们还不足以讨厌到要坐在前面，挨着老师；我们也绝对没有"酷"到可以坐在后面和橄榄球员们以及一群神经病混在一起胡闹。我们是彻头彻尾的"车厢中庸派"。

——《绝不》，汤姆·艾伦和露西·艾维森

菲利普·普尔曼说：

我几乎总是用第三人称写作，但我不区分叙述者的性别。叙述者既是男人也是女人，既年轻又苍老，既聪明又愚蠢，既怀疑又轻信，既天真又老练，他们甚至不是人类，而是精灵。

菲利普·普尔曼是《黑暗物质》（Dark Materials）的作者。

第三人称视角

当你用第三人称视角写作时，要借助一个叙述者来讲述故事，而不是故事中的某个人物。你应该使用第三人称代词，如"他""她""它"或"他们"来讲述。然而，第三人称视角不止一种类型，它包括第三人称有限视角和第三人称全知视角。所以，仔细想一想哪一种方式最适合用来讲述你的故事。

第三人称有限视角

使用第三人称有限视角意味着叙述者从某个角色的视角来讲述故事。大多数小说都是以这种方式写成的，而且通常是主要角色的视角。读者可以分享角色的思想和感情，因此它类似于第一人称。但是，由于叙述者时而进入角色，时而跳出，因此也会拉开与主人公的距离。

第三人称全知视角

"全知"意味着什么都知道。当以第三人称全知视角写作时，读者可以分享每个角色的视角。这就好像单个摄像机与多个摄像机之间的区别，读者可以在多个摄像机之间切换观察，且每个摄像机都配备了有读心术功能的"麦克风"，来获取不同角色的思想和感情，而不是仅靠单个摄像机来显示某一个场景中的事件。

> 在高中毕业那天，著名神童科林·辛格尔顿被一个叫凯瑟琳的女孩第十九次甩了。第二天早上，他泡了个澡，他总是爱泡澡。他生活中的一个基本原则是，能躺着完成的事就不要站着做。水一热，他就爬进浴缸里，脸上带着一种奇怪的茫然神情，坐着看水渐渐漫过交叉叠放在浴缸里的双腿。他意识到，但只是微微觉得，他对于这个浴缸来说太长，太大了，他看起来像一个假装成小孩的准成年人。
>
> ——《那么多个凯瑟琳》(An Abundance of Katherines)，
> 约翰·格林

找到你的声音

无论你采用第一人称还是第三人称来讲述故事，都是在用一种叙述的口吻。如果你选用第一人称视角，那么需要将主角的性格凸显出来。

假设故事中的叙述者是一个九岁的小学生，想想他会用什么词语来描述事件和表达情感。

不要指望他会用"摩肩接踵"来描述拥挤的操场，也不要指望他会用"心潮澎湃"而不是"兴奋"一词来形容他的心情。

选择能反映叙述者年龄、背景和知识水平的词汇。

你所创造出来的叙事声音也能够传达叙述者对角色、地点和事件的态度。

例如叙述者说老师"很没劲"，从中可以看出他对老师所说的话并不是很感兴趣。

不同的声音

如果你的故事中有不止一个叙事声音，比如在一部犯罪惊悚片里，侦探和恶棍轮流陈述一起谋杀案，想想如何让每个声音都与众不同。试着通过每个叙述者不同的表达方式来体现他们的性格特点。例如，一个凶手的口吻开始时可能很冷静、很自信，但随着侦探的步步紧逼，其声音也会变得越来越紧张。

对于不同的叙述者，你在组织他们的语言时也要有所不同，比如一个叙述者通常使用简单的短句，而另一个叙述者则使用较复杂的长句。

词汇、句子结构和写作风格都有助于创造出与众不同的叙事声音。

把握好语气

叙述者需要对故事中的不同事件做出不同反应，这可以通过改变叙述语气来实现。通过叙述者的双眼来看故事里的世界，借此帮助你把握叙述者的语气。

兴奋　同情　　　　　　　　恼怒　古怪
怨愤　　阴险　　　　　　厌恶　　伤感情
　害怕　　机敏　　　　　　生气　无畏
　　嘲讽　尴尬　　　　　　　　　新鲜
　　聪慧　　　　　　　　　　浪漫　秘密
　　谨慎　　　　　　　　　　　喜怒无常
　　愉快　　　　　　　　　　　不可思议
　　枯燥　　　　　　　　　　　高兴
　　勇敢　　　　　　　　　　　自以为是
　　善良　　　　　　　　　　　气愤
　　无趣　　　　　　　　　　　聪明
　　冷静　　　　　　　　　　　忧伤
　　惬意　　　　　　　　　　　傻乎乎
　　热切　　　　　　　　　　　大胆
　　温柔　　　　　　　　　　　愚蠢
　　　　　　　　　　　　　　　暴躁

作者的声音

即使你选择用第三人称视角来讲述故事,叙事声音依然存在。然而,这个声音并不属于某个角色,我们有时称之为作者的声音。这是作者为了讲述一个特定的故事而选择的与众不同的写作风格。

有时,作者的声音也可以由故事所属的特定类型来确定。

如果你在写一个动作故事,可以多用些短句,并使用有助于营造强硬语气的语言。

如果你写的是一个滑稽的故事,可以多用括号来加入喜剧旁白,来增强故事的幽默感。

根据你想要写的题材类型,读一读相关小说,看看其他作家是如何创造作者的声音的。

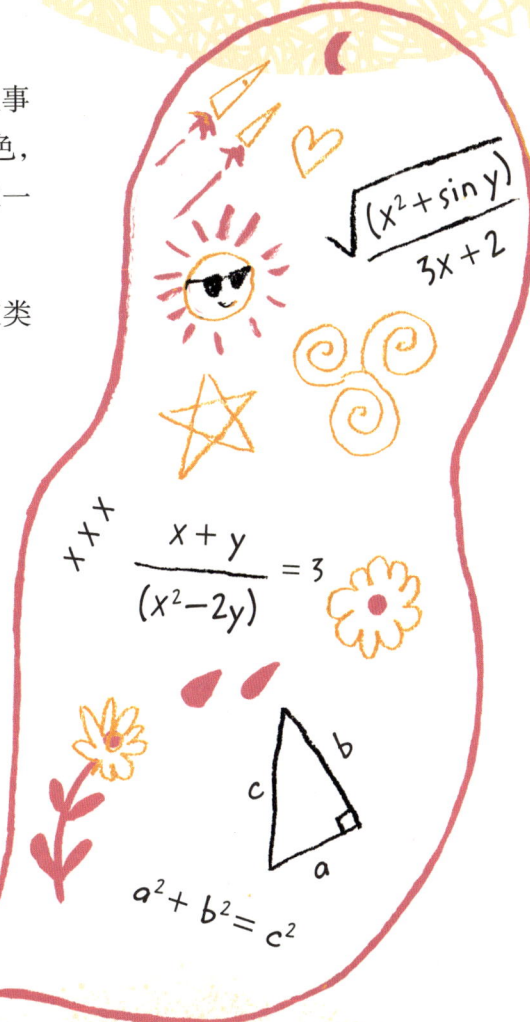

克里斯托弗·埃奇说:

如果你写的是用第一人称叙述的故事,想想讲故事的那个角色。你选择的词语符合这个角色的性格吗?有时大声朗读你的文章可以帮助你掌控并保持令人信服的叙事声音。

克里斯托弗·埃奇是本书及《艾比的多重世界》的作者。

看看以下文摘中所使用的不同的叙事声音。你对每个叙述者有什么印象？

我叫哈丽雅特·曼纳斯，我是个天才。

我知道我是个天才，因为我刚在网上查了一下天才的特征，我几乎全部具备。

社会学研究表明，智力超群的特征包括喜欢无意义的追求，对别人不感兴趣的事情有不寻常的记忆力，以及完全的社交无能。

我不想显得妄自尊大，但昨晚我按字母顺序排列了厨房里的所有汤罐，自学用脚趾拿起铅笔，还了解到鸡比人类早45分钟就能看见日光。

而且，人们似乎不怎么喜欢我。

所以我确信我就是个天才。

——《所有那些闪光的》，霍利·斯梅尔

我们以前的老师康诺利小姐总是对我们说，先写故事的开头，让开头成为一扇干净的窗户，透过它使读者可以看到外面的东西。但我并不认为这是她的本意。但没人，甚至连康诺利小姐本人也不敢写出那扇污迹斑斑的玻璃窗外面的东西。最好别透过窗户往外看，如果你不得不这么做，那么最好什么也别说。我决不会傻到把这些写下来，傻到写在纸上。

即使我有心也无力呀。

你看，我连自己的名字都不会拼写。

斯坦迪什·特雷德韦尔。

不会读，不会写，

斯坦迪什·特雷德韦尔并不聪明。

——《月球狂想曲》(Maggot Moon)，萨莉·加德纳

调试讲故事的角度

你可能无法立即找到合适的角度来讲述你的故事。也许一开始你用第三人称视角写第一章,但后来感觉有些地方不对劲因而卡住。那么试着选定一个角色,从他的角度重写这一章。

这将如何改变故事给人的感觉呢?

记住,故事中的叙述者不一定是主角。在阿瑟·柯南道尔所写的福尔摩斯的故事中,他经常借助华生医生来讲述福尔摩斯的种种冒险经历。练习从叙述者的角度来写**书信**、**电子邮件**和**博客**能帮助你把握他们说话的方式,你甚至可以在你的故事中加入这其中的一些内容。

以下节选片段中的叙述者给你何种印象?通过叙事声音,你是否对故事题材有所了解?

对整个世界来说,我都很好。当我和父王在一起时——一起接见议员或外国使节时——我保持着沉默。我设法使自己看起来充满智慧。那些人扫视着我,他们在探寻某种东西——无论什么——他们希望从我这里看出些什么。但我一个字也不说。从我的脸上只能看到顺从,我的想法他们无从得知。

——《亨利八世》(Henry VIII),
H.M. 卡斯特

在走回厕所的路上,我得以有片刻时间思考尚克带给我的威胁。这很糟糕,真的很糟糕。我就像亚马孙河上的一头腿受了伤的母牛,只等着第一条食人鱼嗅到血腥味。

——《你好,黑暗》(Hello Darkness),
安东尼·麦高恩

让故事充满生动的描写

一个完整的故事需要两个人来创造：一个是让故事跃然纸上的作者，另一个是让故事在脑海中生动呈现的读者。在创作时，你需要仔细考虑故事中每个场景的描述方式。在小说中，最有效的描述是把角色、场景和动作结合起来，推动故事向前发展。

处处关乎细节

试着找出能让每一个场景栩栩如生的关键细节，这些细节对故事情节的发展必不可少，比如一把刀，故事里的主角正用它来切菜，然而在场景的最后却变成了凶器。

你所描述的细节可以成为读者快速走近角色、身临其境的捷径。精心挑选的细节可以帮助你调动场景中的感情基调和氛围。

从扬起眉毛来表达一个人物的怀疑，到空荡荡的托儿所里小床嘎吱嘎吱的摇晃声，故事所包含的细节可以让读者觉得有趣、惊悚或是欣喜，从而影响他们对一个场景的反应。

不要给读者过多不必要的细节，只需关注那些有助于故事讲述的细节。

斯蒂芬·金说：

描述始于作者的想象，但应终于读者的想象。

斯蒂芬·金是写恐怖、奇幻和超自然题材的小说家。

让故事　　充满　　　　描写
　　　　　生动的

让故事　　充满
　　生动的描写

梅格·罗索夫说：

当你读一本书时，大脑中的神经元会高效工作，决定角色如何着装、如何站立，以及第一次接吻会是怎样的感觉。没有演示，只有文字提示，你的大脑便能描绘出这些画面。

梅格·罗索夫是一位为青少年创作小说的作家。

47

全新的感觉

通过全方位调动读者的感官,让读者从视觉、听觉、触觉、味觉和嗅觉中体验故事角色的经历。使用下面的词语帮助读者体验你所描述的事件。

吠叫　刺耳的声音　嗡嗡响
喋喋不休　钟鸣　嘀啾　咣当
叮叮当当　呱呱　噼啪　嘀嗒　嗞嗞
尖锐　潺潺　低吼　叫嚷　呻吟
刮擦　咔嚓　撕抓　咆哮　怦怦
鸣啭　碾轧　尖利　磨锉声
沙哑　尖锐　微弱
细声细气

辛辣难闻　呛人　清爽
泥土气息　清新　陈腐
麝香　发霉　油腻腻　刺鼻
腐臭　酸的　污浊　芳香
芬芳　恶臭　难闻　臭气熏天
腐烂　臭烘烘　污秽　令人作呕
烧焦　炽热　果香
金属味　诱人

疙疙瘩瘩　粗糙　弯曲
耀眼　模糊
闪光　平坦
色彩斑斓
透明　广阔　细微
坑坑洼洼　顺滑
易碎　坚固

生硬　湿冷　柔和　湿淋淋　油腻
刚毛似的　蓬松　粗糙　柔滑细腻　皱巴巴　干燥　轻软
水润　精细　粒状　毛茸茸　湿润　轻薄
富有弹性　水汪汪　丝滑　光滑　柔软　松脆
膨松　软烂　黏糊糊　细长　有弹性
纤维状　天鹅绒般　羊毛般

角色描述

试着通过重现细节来影响读者的阅读方式,让他们再次"看到"你创造的角色。这不仅仅意味着描写角色的外表容貌,更要刻画人物的行为与情感。

描述性细节呈现的顺序将影响读者脑海中想象的画面。

如果你在写一个关于宇航员遇见外星人的科幻故事,不要花几乎一整段描述外星人水晶般的蓝眼睛,而最终却忘了写它有八个触角这件事!

细节出现的顺序会完全改变读者在脑海中所创建的形象,所以你要先把描述重点放在最明显的细节上。

场景描述

想一想场景设定的地点。如果这是一个读者很容易辨认的地方,比如公园或游乐场,思考一下哪些细节会让这个场景变得生动起来。或许你可以这样来描述:游乐场破败不堪,只有一个断了绳子的秋千在那里摇晃着。

你还可以增添一些有助于读者在脑海中形成特定画面的细节,而不是那些只能让读者产生一般印象的细节。

如果你描述的是一个读者不熟悉的地方,例如某个历史场景或是一个幻想中的世界,你需要更详细地描述场景以帮助读者将其形象化。使用一个真实的细节,比如一支发出微光的牛油蜡烛散发出来的难闻气味,可以让读者仿佛置身于一个真实的中世纪城堡中。

增加描述性细节有助于将角色和场景信息传递给读者。读一读第一段文摘，你认为蒙哥马利·弗林克这个角色的感受如何？又是哪些细节让你如此认为的？第二段描述出了一个怎样的场景？哪些细节可以帮助你将其形象化？

蒙哥马利·弗林克紧紧抓住讲台两侧，十指关节清晰可见。他凝视着黑压压的礼堂，浓密的拱形眉毛下，炯炯有神的乌黑的眼睛依次扫过每位观众的脸。被催眠似的沉寂笼罩着舞台，似乎是剧院自身屏住了呼吸，等待着这部最新的、令人毛骨悚然的故事的结局。当弗林克终于开口讲话时，意料中的寂静似乎更深了。

——《差十二分到午夜》(Twelve Minutes to Midnight)，克里斯托弗·埃奇

弗罗多和萨姆注视着这片可憎的土地，心中交织着厌恶和惊奇之情。在他们与烟雾缭绕的山脉之间，以及山的南面和北面，都是一片死寂，是一片被焚毁后的毫无生机的荒漠。他们惊奇于这个王国的主人如何维护、供养奴隶和军队——他的确有军队。在他们视线所及之处，沿着魔盖峡谷的边缘一直向南，那里有营地，有帐篷，排列整齐的地方就像一个个小城镇。

——《王者归来》，托尔金

引导读者

不要把自己视为故事的作者,想象自己是一个导演。一部影片的每一个场景都是由不同的镜头——从特写到用广角拍出的远景——组成的。想一想如何利用描写,以类似的方式来引导读者的注意力。

一个特写镜头可以展示一个揭露真相的细节,比如杀人嫌疑犯颤抖的手。

你可以跟随一个广角镜头游走在城市的街道上,描述其梦幻般的建筑物。

当你描写每一个场景的时候,想想如何移动相机的焦点来引导读者的视线。

如果你以第一人称视角来写,读者就会从叙述者的角度来体验每一个场景,想一想这个角色的关注点会在哪里。

角色会关注到什么?

对角色来说,什么是最有趣或最重要的?

以叙述者的口吻来描述场景会表现出叙述者对所见角色、地点和事件的态度,所以仔细思考你选用的词汇。

记住,如果你已经在故事开头介绍了一个人物或场景,一定不要花过多的时间再次赘述,因为读者在脑海中已经形成了相关画面。不过,你依然可以做一些改变,将读者的注意力吸引到另一个细节上,以帮助读者建立或改变看待某个角色或地点的方式。

行为及结果

当你构思故事中的角色会做出哪些行为时,脑海里可能浮现出飞车追逐、激烈打斗和在大爆炸中逃生等场景。然而,故事角色的行为可以是任何能够推动情节向前发展的事件,可以平静如爱情故事中偶然发现一枚戒指,也可以紧张如惊悚故事中总统女儿被绑架。故事中一旦出现冲突和转折,行为描写就必不可少。

让故事更真实

刻画有效行为的关键是确保读者关心故事涉及的角色。

如果故事的主人公正吊在悬崖边上，此刻你定想让读者喘粗气而不是打哈欠，因为反派正踩在主人公的手指头上！

应该让读者觉得他们是在分享角色的经历。

想一想，随着情节的展开，人物将如何行动，作何反应。不要为了让故事中的少年英雄摆脱困境而突然给他超人般的能力。

让角色真实可信，这样读者才能相信你所描写的角色的行为。

太多奇迹般的逃脱会让读者觉得不真实。

对现实生活的研究可以帮助你创造出令人信服的角色行为。

如果你想知道太空爆炸的情形和声音，不要看《星球大战》，而要去问科学家。

在处于真空状态的太空中，任何爆炸都是无声的，开始时会发出一束耀眼的亮光，但没有你在地球上看到的烟雾和火焰，因为太空中没有产生这些现象的大气层。

表示行为的词语

不同的动词会让读者联想到不同的行为。想一想"疾走"和"攀爬"在你脑海中呈现出的不同画面。选择最适合的动词来描述行为,如果是英文写作,还要注意根据故事讲述方式选择相应的动词时态——过去时或现在时。

跳过
蹦跳　　攀登　　猛摔
跟跄　疾驰　冲　射击　　砰地关上
拉上　踹　锉　盯梢　齐步走　冲刺　漫步　撕咬
飞跑　　腾跃　　重击　跋涉　跛行　推动　超越　疾奔
猛冲　截击　怒视　　　撞击　　　痛击　跨过
投掷　跳　猛撞　抛　扔　磨蹭　蹒跚
拖着脚走　轻弹　掷　点燃　怒目而视　践踏
飞　急冲　散步　小跑　粉碎　拳击
跺脚　扮鬼脸　跳跃　踢　棒打
踩着脚走　发射　举起　攻击
飞跃　咧嘴笑　咆哮　击溃　袭击
掌掴　迈步　投
加速　开枪　傻笑
清除　弹跳　冷笑
猛冲　揍

> **厄休拉·勒奎恩说：**
>
> 我想让故事有节奏地不断向前发展，因为这就是创作一个故事的全部意义。好比你在旅行途中从此处到彼处，那就必须不断前行。故事的节奏非常复杂和微妙，但也正是节奏将整个故事呈现给读者。
>
> 厄休拉·勒奎恩是《地海故事》(Tales from Earthsea) 的作者。

掌控节奏

每个作者都想写出一本引人入胜的书，然而读者的翻看速度取决于你的写作方式。你的故事可能以一个戏剧性的事件开始，然后随着角色行为的不断丰富而持续推进，直到以一个高潮结束，但这种方式可能会让读者感到喘不过气来。

一种有效的方式是，用注重对话和描写的慢场景来中和高潮迭起的动作场面，从而让读者在阅读中获得喘息的机会。

如果你想加快叙述节奏，试着通过调整句子和段落的长度来实现。

短句能营造出连珠炮似的动作感。

长句会拖慢读者的阅读速度，因为长句包含重重细节。

试着大声朗读出你写的文字，听一听是否是你想要达到的效果。

有时书中角色本身就能对行为进行解释，这既能在第一人称也能在第三人称视角的故事中实现。使用这个技巧可以让读者觉得他们在实时分享角色的反应。

我抓起能够到的最大的一本书，啪的一声拍在尼尔头上。他咕哝着，眼睛因为突如其来的疼痛眯成了一条缝。

我又把书挥向他，打到他的头骨侧面，书弹回时发出沉重的砰声。他双手托着头，摇摇晃晃地向后退。我用尽全部力气，猛地撞向高高的书架，整个书柜摇晃着，然后倾斜，轰然倒下。所有那些厚重的书倾泻而下，砸在尼尔身上，引得他痛苦大叫，然而书柜可比这些书重多了。

——《约翰尼·肯普归来》(The Return of Johnny Kemp)，基思·格雷

亚历克斯不敢往后看，但他感觉火车开到了隧道口，正以每小时一百零五英里的速度冲进隧道。一股冲击波猛烈地向他们袭来，驶来的火车冲散了空气，坚硬的钢铁碎片随之四散飘落。马感知到了危险，加快速度猛然向前冲去，飞蹄跨过铁道枕木。前面的隧道口越来越近，但处于崩溃与绝望中的亚历克斯知道，他们赶不到那里了。

——《白点》(Point Blanc)，安东尼·赫洛维兹

呈现而非陈述

哪种方式会令人更兴奋呢？是自己坐在电影院前排观看最新的好莱坞大片，还是影片上映后在咖啡馆里听朋友讲述？当你创作一个故事时，你肯定想给读者一个"前排座位"，这样他们就可以获得亲身体验。

尽量给读者提供暗示性或揭示性的细节，而不是直接告知。

比较下面两句话："索菲把手指攥成拳头，指甲深深抠进手掌，脸上却挂着微笑"和"索菲试图掩盖自己的沮丧"。可以看出，前面一句在呈现，而后面一句在陈述。如果你使用了正确的细节描写，读者将能够通过角色的行为读懂他们的情绪，而不需要你来解释他们的感受。

避免陈词滥调

无论是描写轮胎声刺耳的飞车追逐，还是描写爆炸中毫发无损的英雄，动作场面很容易陷入老套。试着用新的方式来描述行为，从而激发读者的兴趣。

不同寻常或出人意料的比喻可以让某个场景以独特的方式呈现在读者面前。

将四处散落的爆炸碎片比喻成蒲公英飘散的种子如何？

乔·克雷格说：

每一句描写打斗或追逐场景的文字都应推动故事的情节发展。如果不是这样，这一系列行为虽然是动态的，但故事却是停滞不前的。不是每个行为都可以推动情节的发展，也不要以为行为就一定传达人物情感。

乔·克雷格是"**吉米·科茨**"（Jimmy Coates）系列丛书的作者。

场景和过渡

一个故事由多个瞬间组成。当作者写作时，他们希望创造出的场景能够在读者合上书之后，还能久久停留在脑海之中。从《霍比特人》中的五军之战到《琥珀望远镜》（The Amber Spyglass）结尾中莱拉和威尔的最后离别，这些关键事件推动了故事情节的发展，并增加了故事的戏剧性。

构建场景

当你设计情节时，你可以把情节分解为若干个场景，并考虑如何将这些场景衔接起来。请记住，你不需要第一时间向读者交代每个瞬间，而是可以向前或向后跳，专注于重要场景。

每个场景都应有其目的。也许发生了一些事情，让情节有了不同的走向，或者一个转折显示某个角色并不是人们所看到的那样……

仔细考虑场景的排列顺序。如果你正在撰写一部扣人心弦的惊悚剧或悬疑剧，在到达令人窒息的高潮前，你需要通过场景来提供线索或营造紧张氛围。不要害怕对不同场景进行轮换或重排，你的目的只有一个，那就是让故事产生最大的冲击力。

晚开始，早结束

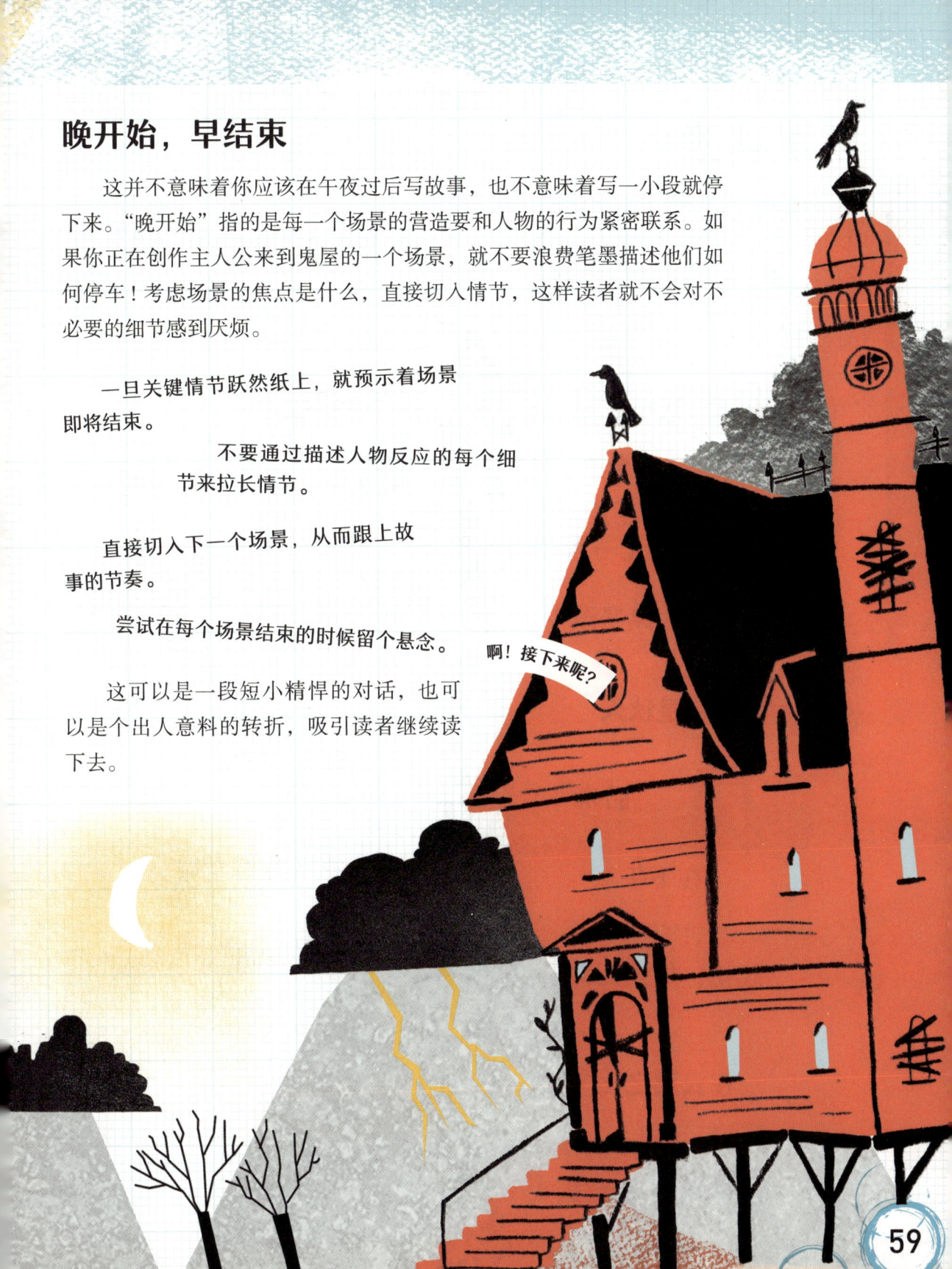

这并不意味着你应该在午夜过后写故事，也不意味着写一小段就停下来。"晚开始"指的是每一个场景的营造要和人物的行为紧密联系。如果你正在创作主人公来到鬼屋的一个场景，就不要浪费笔墨描述他们如何停车！考虑场景的焦点是什么，直接切入情节，这样读者就不会对不必要的细节感到厌烦。

一旦关键情节跃然纸上，就预示着场景即将结束。

不要通过描述人物反应的每个细节来拉长情节。

直接切入下一个场景，从而跟上故事的节奏。

尝试在每个场景结束的时候留个悬念。

这可以是一段短小精悍的对话，也可以是个出人意料的转折，吸引读者继续读下去。

啊！接下来呢？

场景转换

当时间、地点或人物的视角发生变化时，你需要开始一个新的场景。在这个新场景开始时，重要的是迅速向读者展示发生了什么变化，例如，指出新的时间、地点或视角是什么。想想如何使用以下这些词语来做到这点。

- 两小时后
- 今晚
- 周一上午 9 点，海岸上空无一人
- 一段时间后，风景改变了
- 现在是秋天
- 后来
- 在下午
- 起初，每天如此
- 在云层之上
- 在随后的几年里

- 在……附近
- 滑铁卢车站，高峰时间
- 就在几小时前，阳光普照，现在却下起了雨
- 仅一周之后
- 罗斯跑遍全城
- 天空乌云密布
- 登上火车
- 坠落悬崖
- 九月下旬

莱尼·泰勒说：

永远不要坐在空白页或空白屏幕前发呆。如果你不知道该如何遣词造句，那么就用最平实的语言写一写你想写的那个场景，这样更容易些。而且，这也许会助你找到突破口。

莱尼·泰勒是青少年系列图书"烟雾和骨头的女儿"的作者。

看看下面的作家是如何快速引导读者进入故事场景的。

第二天早上，在去学校的公共汽车上，我们连续经过了四辆红色汽车，这意味着这将是美好的一天。

——《深夜小狗神秘事件》，马克·哈登

现在是9月下旬，木头腐烂的气味弥漫在空气中，地上积了厚厚的一层落叶，踩上去嘎吱作响，散发出一股醉人的麦芽味。

——《囚徒》(The Prisoner)，詹姆斯·赖尔登

前方一百英里处，旭日的光辉铺满了环路公园。草坪和花圃围绕着城市第一层，形成了优雅的环形。

——《致命引擎》(Mortal Engines)，菲利普·瑞弗

黎明时分，我们营地的人开始活动起来，一个小时后，我们开始了令人难忘的探险。

——《失落的世界》(The Lost World)，阿瑟·柯南道尔

61

断章

有些作家在开始新场景时喜欢另起一章。如果你要写惊悚或冒险故事,这可能是一种有效的方法,因为简短而有力的章节可以增强故事的节奏。

如果章节中的场景发生变化,通常会在场景之间空行,有时还会在空白行中加入星号(＊＊＊)以显示新的场景的开始。

> **丹·布朗说:**
>
> 我经常会从三种不同的角度来写一个场景,以找出哪种视角最为紧张,以及哪种方式可以隐藏我要隐藏的信息。归根结底,这就是制造悬念的方法。
>
> 丹·布朗是畅销书《达·芬奇密码》的作者。

跳跃叙事和场景过渡

视角的切换、时间的变换以及空间的改变都是作家可以在小说中使用的各种跳跃叙事的技巧。使用跳跃叙事的关键是确保你的读者不会迷失方向。

使用场景过渡来表示已发生的跳跃叙事。一个场景过渡可以用短短几个词来表示时间的变化，如"后来……"，或者你可以写一整段话来描述新的地点或人物。将读者的注意力集中在关键信息上，这有助于读者理解故事的情节发展。

倒叙

从小说到电影，倒叙都是一种技巧，将叙事回溯到故事的先前部分。例如，当角色的记忆突然被唤醒时，转换到一个新场景，讲述他们想起的早期事件。

任何倒叙的场景都应该对故事情节发挥至关重要的作用。记忆对我们来说是最重要的，这也是倒叙对于故事的意义。尽量使倒叙简短，使场景生动有力，以保持读者的注意力。在英语写作中，你可以通过转换时态切换到倒叙。请勿过度使用此技巧，否则你的读者会感到困惑。

创作 充满活力 的对话

当人物交谈时，故事就会变得生动。作者通过描写对话推动故事情节向前发展，通过人物交流想法、谈论行动或是抒发情感，来使平面人物变成活生生的人。

说一说

写好对话的关键是让其听起来自然。这并不意味着要写那种你每天听到的真实言语。当你聆听人们在现实生活中的谈话时，他们会重复一些话，漏掉一些词语，在某些地方停顿，或是结结巴巴地说出一些句子。然而，在小说中，你需要删减掉这些特征，专心把握每个人物所说的核心内容。

自然的对话通顺流畅，尝试模仿这一点。大多数人说话都不会用完整的句子，也不会耐心地等待对方说完后再说。随着另一人物打断话语或说别的话，对话会发生重叠。

语气

对话可以揭示人物的想法和情感。作者通过人物对话的内容及方式来表达其思想状态。在创作时，试着在脑海中感知或揣摩角色的语气。

例如，如果你要写犯罪小说，想象一下侦探可能使用的审问嫌疑犯的语气。

为了试图诱导嫌疑人招供，他们会咄咄逼人，还是会表现出充分的同情？

你可以使用"咆哮"和"叹气"这样的动词来表明人物说话的方式，以及"温柔地"和"愤怒地"这些副词来表示程度，但更有效的方法是通过人物的用词来表达他们的感受。在写每一句对话时，考虑下人物在此刻的情感。他们想要什么？他们感觉如何？如果"我很好"这句话是由一个眼泪汪汪的人物说出来的，这句话可以具有不同的含义。

克里斯托弗·埃奇说：

我经常大声朗读对话，这有助于我发现那些听起来不符合人物性格的多余的词或短语。

克里斯托弗·埃奇是《艾比的多重世界》和本书的作者。

对话标签

阅读对话时，读者需要知道谁是说话者。使用代词或人物名字，后面接一个动词，例如"说""问"或"回复"，可以快速、简单地给出此类信息，例如："他说"或"亚历克斯回答"。其他词，如下所示，也可以用于提供更多有关人物说话方式的信息，但是这些是作者"告诉"读者的，而不是"展现"出来的，例如："'我很好。'她伤心地回答。"如果可以的话，应避免使用这些话语，尝试通过人物的动作或对话来传达这些信息，例如："'我很好。'她一边抹泪一边回答道。"

承认	同意	**回答**	**争论**	问	号叫
乞求	开始	吼叫	咆哮	**吹牛**	哭泣
要求	傻笑	发出嘘声	哀号	打断	
发笑	**撒谎**	**含糊地说**	咕哝	唠叨	
高兴	承诺	询问	回复	反驳	
吼道	**唱歌**	惊叫	尖叫	呼喊	
叹气	咆哮着说	啜泣	**威胁**	悲叹	
警告	呜咽	哀诉	悄声说	想知道	
大叫	**任性地**	愤怒地	悲伤地	高兴地	
微弱地	安静地	安慰地	大声地	渴望地	
兴奋地	很快地	迅速地	感激地	暗示地	
冷淡地	随便地	**悲哀地**	绝望地	**焦虑地**	
笨拙地	冷静地	谨慎地	粗心地		
故意地	渴望地	**热情地**	喜爱地		
温柔地	匆忙地	亲切地	神秘地	紧张地	
	礼貌地	害羞地	**不情愿地**		

动作和对话

过多没有动作的对话可能会使故事读起来像广播剧。作者在对话中会插入一些描写，表明人物在说话时的动作。这种肢体语言可以给读者提供关于人物思想和感情的重要线索。在说话时，如果人物扯着袖子，这表示他们很紧张，或者很兴奋。肢体语言可以用来强化或弱化人物所说的话的真实性。

在现实生活中，人们在聊天时并不会停下动作，故事情节的发展亦是如此。因而可将对话和对正在发生事件的描述交织在一起，从而跟上故事情节发展的步伐。如果炸弹在某一场景中间爆炸，那么一句简单的话（例如："什么……?！"）就可以表达出主角的惊讶，并加剧紧张气氛。

看看下面这位作家是如何将对话、动作和描写交织在一起，来暗示不同人物的情感走向的。

"奶奶？"我不敢相信地盯着她。我知道她就是奶奶，尽管我从四岁起就没再见过她。

她看着我，好像我才是那个行为异常的人。

"当然。还能是谁？够了，我们进去好吗？"

"不。"我说。

她看着我。"你说什么？"

"你不能进去。这是妈妈的房子。她不会让你来的，这里不欢迎你。"

她对我笑了笑，好像我还是四岁时她最后一次见到我时的样子。"别傻了，珠儿。"

"我是认真的，"我说，"如果爸爸回来发现你突然出现在这里，他不会太高兴的。"

她看着我，惊讶地抬起精心修理过的眉毛。"珠儿，亲爱的，"她说，"你以为是谁请我来的？他没有告诉你吗？"

——《鼠年》（*The Year of the Rat*），克莱尔·弗尼斯

对话描写要符合人物特征

  人们在现实生活中的讲话方式反映了其身份,小说人物亦是如此。人物的背景——他们的出生地、上学的地方以及从事的工作——都会影响作者在书中如何展现他们的语言和对话。从俚语、方言到他们选择的词语,都能给读者关于人物的线索。

  想想你可以用哪些不同的方式来表达一个想法,然后选择最适合特定人物的那种方式。在某一情景中,你笔下主角的手臂被压在巨石下,外科医生可能会说:"为了让病人活下来,我必须进行截肢手术。"而路过的伐木工人则会说:"我看得把它砍掉!"

在写对话时，作者要在人物所说的话中间或前后加上标点符号，如逗号、句号或引号。类似"某某说"这样的表述可以放在句子的中间，也可以放在末尾。在对话中，省略号可用于表示犹豫或言语的逐渐消失，而对话结束时使用破折号通常表示被打断。

"魔多的阴影笼罩在遥远的国度上，"阿拉贡说，"萨鲁曼在它下面倒下了。洛汗受到威胁。"

——《护戒使者》，托尔金

"我不能……"他结结巴巴地说，"自你爸爸去世后，一切都变了，马克也变了。他就像一个陌生人。我不知道该怎么办。我不知道该跟他说什么。"

——《骷髅杰克》(Bone Jack)，萨拉·克罗

"你在这里做什么？"他的声音像外国人，他的"w"音听起来像"v"。
"我……没什么。"我几乎说不出话来。
"谁和你在一起？"
"没有人……真的。"

——《追逐黑暗》(Chasing the Dark)，山姆·赫本

"不是时候吧？"妈妈问道，"我可以再打过来。我不确定——"
"不，没关系。"我说，"我只是——"
"我还是待会儿打吧，现在不方便吧？"

——《我的第二人生》(My Second Life)，费伊·伯德

"你应该多笑笑，你笑起来很好看。"她歪着头说，"是什么让安东尼如此难过？"
他改变了话题："伊夫在哪里？"

——《恨》(Hate)，艾伦·吉本斯

唐·卡拉姆说：

每个人物的声音应该很容易辨认。为此，给你笔下的人物准备一些口头禅，或者是一些人物表达专属的词汇和短语，甚至包括它们特有的语法错误。也许他们说的是句子片段，或流水句。他们是否过度使用了大量的词语？他们会用丰富多彩的语言来表达他们的观点吗？

唐·卡拉姆是一名编剧，同时也是《游泳与飞翔》(The Swim the Fly) 三部曲和《丹与自然》(Dan Versus Nature) 的作者。

创造一个令人震惊的开场

你只有一次机会来写一个故事的开头,因此你需要让这个开头起到应有的作用。你所选择的场景一定要完美地切入你的故事。

背景、人物和冲突

从令读者胆战心惊的反乌托邦惊悚小说,到令人难忘的离奇爱情故事,不同的故事类型会影响作者创作小说开篇的方式。

每个故事的开篇都有三个关键的元素,分别是背景、人物和冲突。不同类型的故事会以不同的方式平衡这些要素。

在奇幻史诗《霍比特人》的开篇中,作者托尔金首先对故事的背景和主人公比尔博·巴金斯进行了详细的描述,随后又介绍了因甘道夫的出现所引发的冲突。

相比之下,加雷思·P.琼斯的历史惊悚小说《丧葬店》(Constable & Toop)则把重点放在冲突上,先从一个次要人物的可怕的谋杀开始,直到下一章才开始介绍主角。

我从哪里开始？

不是每个故事都得从头开始讲起。一些作家选择故事临近结束时的一个事件作为起点，然后以倒叙的方式讲述故事的其他部分，来说明情节是如何发展到这一步的。而有些故事在主要情节开始之前开始，以此来设定主人公的日常生活。

无论作家选择从哪里开始，都要确保开场具有足够的戏剧性。如果你想要介绍人物和背景，那就用行为描写表现出来，不要让读者觉得他们好像在看一张静态的照片。一部小说的开篇要能够把读者带到故事的起点。

> 故事不是从这里开始的。也许你觉得这就是开头：在一个荒无人烟的地方，两个吓坏了的女孩蜷缩在一起，眼睛瞪着他手里的枪。但故事不是从这里开始的。一开始，我差点死掉。
>
> ——《远离你》(Far From You)，苔丝·夏普

著名的开头第一句

有些读者甚至在读完第一段之前就放弃了阅读,所以作家们必须努力写出引人入胜的第一句。

下面哪些著作的开篇会让你继续读下去?

初夏的天空是猫咪呕吐物的颜色。
——《丑人》(Uglies),斯科特·韦斯特费尔德

他们说在你死的时候你的一生都会在眼前闪过,但对我来说不是这样的。
——《忽然七日》(Before I Fall),劳伦·奥利弗

正当我开始接受一个平凡无奇的生活时,不寻常的事情发生了。
——《佩小姐的奇幻城堡》(Miss Peregrine's Home for Peculiar Children),兰塞姆·里格斯

当你的狗学会说话的时候,你首先发现的是狗没什么可说的。
——《永不放下的猎刀》(The Knife of Never Go),帕特里克·内斯

我们最好的朋友已经成了罐子里的骨灰。
——《鸵鸟男孩》(Ostrich Boys),基思·格雷

黑暗中有一只手,这只手拿着一把刀。
——《坟场之书》(The Graveyard Book),尼尔·盖曼

我们去月球是为了玩,但结果发现月球糟透了。
——《馈送》(Feed),M.T. 安德森

七月像蜡烛一样被凛冽的寒风吹灭,随之而来的是八月灰蒙蒙的天空。
——《我的家人和其他动物》(My Family and Other Animals),杰拉尔德·达雷尔

在她一岁生日的那天早上,有人看见她躺在一只大提琴的琴匣里,漂在英吉利海峡的中央。
——《屋顶上的索菲》(Rooftoppers),凯瑟琳·朗德尔

莱拉和她的精灵穿过黑暗的大厅,小心翼翼地贴着一边走,不让厨房里的人看见他们。
——《北极光》(Northern Lights),菲利普·普尔曼

约翰尼从来不知道他为什么开始看到死去的人。
——《约翰尼和死者》(Johnny and the Dead),特里·普拉切特

当我从电影院的黑暗中走到明亮的阳光下时,我脑子里只有两件事:保罗·纽曼和乘车回家。
——《局外人》(The Outsiders),S.E.欣顿

那是四月里一个晴朗寒冷的日子,钟敲了十三下。
——《1984》,乔治·奥威尔

乔恩·沃尔特说:

故事开头第一句应把读者从他们自己的世界中吸引过来,将其引入一个完全不同的环境。这是一个全新世界的开始。因此,对任何一本书来说,故事开头的第一句就是最重要的一句。

乔恩·沃尔特是《靠近风》(Close to the Wind)和《我的名字不是星期五》(My Name's Not Friday)的作者。

我父亲昨晚在聚会上用樱桃白兰地把狗灌醉了。如果英国防止虐待动物协会知道了,他就麻烦啦。
——《少年阿莫的秘密日记》(The Secret Diary of Adrian Mole, Aged 13¾),休·汤森

73

引人入胜的开头

作者可以使用多种技巧将读者吸引到故事中。

在以第一人称视角讲述的故事里，作者可以在开篇就以叙述者的角度直接与读者对话。这种方法能快速营造人物的声音感，并让读者从一开始就感觉融入了故事。

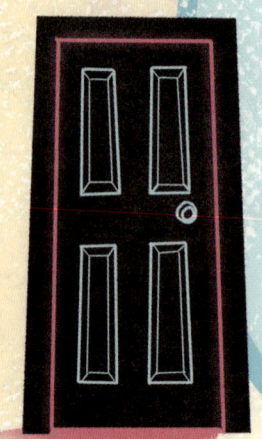

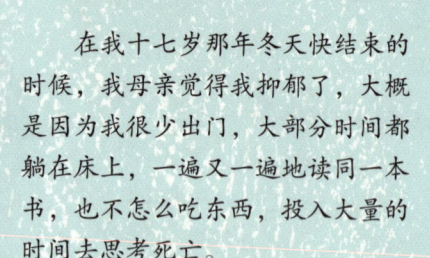

在我十七岁那年冬天快结束的时候，我母亲觉得我抑郁了，大概是因为我很少出门，大部分时间都躺在床上，一遍又一遍地读同一本书，也不怎么吃东西，投入大量的时间去思考死亡。

——《无比美妙的痛苦》(The Fault in Our Stars)，约翰·格林

"我想住在格兰家的原因，"我说着，和皮亚逃离了八月炎热的阳光，穿过自动门，走进冷气充足的韦斯特菲尔德购物中心，"是我可以从那里步行到学校……"

——《百万伙伴》(Million Dollar Mates)，卡西·霍普金斯

让读者感受到不同角色的声音的另一种方法是通过对话开始故事。这是设置情境的好方法，同时也能展示人物是如何做出回应的。

在令人激动的开场中，作者可能会专注于对特定场景或人物的描述，这有助于营造一种特定的氛围，如不祥的气氛，并为随后的故事奠定基调。

杰克站在旧房子的楼梯平台上，看着自己的脚，周围一片漆黑。他站在三扇门中最后一扇门的外面，那扇门底部有灯光闪烁。他没有动。他低头凝视着反射在鞋尖上的双月光斑。他看了看光秃秃的地板边缘上稀薄的亮点，看了看从门缝里漏出来的苍白的光圈里木头上的纹理图案。

——《十三把椅子》(Thirteen Chairs)，戴夫·谢尔顿

在某一情节中开场能马上激发读者的兴奋感。在没有给出太多人物或背景细节的情况下，作者可以用情节吸引读者，让其好奇到底发生了什么。

金属与金属在摩擦；他脚下的地板抖动了一下。他被这突如其来的动作吓了一跳，倒在地上，手脚并用向后挪动着身体。空气很冷，但他的额头上还是渗出了汗珠。

——《移动迷宫》，詹姆斯·达什纳

以问题或意想不到的场景来开始一个故事能引起读者的兴趣。如果你想尝试这个技巧，你需要写出完美的开场白。

钢琴来得太晚了，天塌下来了。如果它来得早一些，我们也许会有个愉快的结局。事实上，一切都是一团糟，如一盘散沙。我哑口无言。

——《无所适从》(The Middle of Nowhere)，杰拉尔丁·麦考林

无论你选择哪种技巧，都要确保故事开场能吸引读者，吸引他们继续读下去。

75

冲突与复杂性

冲突是每个故事的核心。如果没有冲突,在死者身体变凉之前,侦探们就可以侦破每一桩神秘谋杀案;如果没有冲突,爱情故事中的苦命鸳鸯就可以毫无阻碍地长相厮守。无论创作的是何种类型的故事,你都需要找出推动情节发展的冲突。

目标与障碍

在故事的开端,作者通常会思考故事的主角想要什么。这种需求或愿望将决定主角们所采取的行动,以及他们如何回应所面临的各种状况。比如在《魔戒》中,弗罗多的目标是到达末日火山摧毁魔戒,而反派人物则怀有相反的目标,冲突由此产生。在《魔戒》中这个反派角色是索伦,他想要独占至尊魔戒。

记住,随着故事的发展,主角的目标也会改变。

在《饥饿游戏》开始时,凯特尼斯只是想保护家人的安全,但是当她卷入游戏的时候,她的新目标是生存下来。作者在主人公的人生道路上设置的障碍以及他们如何试图克服这些障碍——这个过程产生了情节的冲突,也构成了故事的主体部分。

你越晚让主角实现目标,冲突就会越激烈,情节就越有张力。

情节问题

思考一下你的情节分解。对于每个场景,你能确定你的故事主角在这一情节的目标是什么吗?记住,一个角色可能有一个贯穿整个故事的总体目标,但同时也需要实现其他目标。

对于每个场景,找出他们所面临的难题,以及他们是如何克服这些难题或是被击垮的。

反派角色:名词

戏剧或叙事中对某人或某物怀有敌意的人;对手。

主角:名词

戏剧或叙事中的主要人物。

冲突类型

无论是关于一个感觉自己与家庭格格不入的十几岁男孩，还是发动星际战争的外来入侵军队，故事都为你探索各种问题和困境提供了空间。看看下面这些词语，这将有助于你思考笔下可能涉及的冲突。

战争
压迫
道德选择
家庭问题
科技进步
环境变化
误解
政治动荡
关系
种族主义
成年
身份危机
恐怖主义
欺凌
争执

克里斯托弗·埃奇说：

现实生活中没有年龄等级的划分。故事可以帮助我们了解世界，哪怕是最变幻莫测和最残酷的那部分。

克里斯托弗·埃奇是《艾比的多重世界》和本书的作者。

自我对抗

有时，冲突可能存在于人物的内心中。内在冲突是两个方面的博弈，一方面角色想要获得一些东西，另一方面是角色的思想、信仰或情感阻止他实现此目标。

揣测主角的性格可以帮助你确定在故事中创建内在冲突的方式。

他们恐惧什么或有什么性格缺陷？

这些恐惧或人格缺陷与他们所处的情境会产生怎样的冲突？

强迫你的主角做出艰难的决定，使他们不得不与自己的情感和信仰做斗争，这可以增强戏剧效果。

不公
牺牲
要求
极端主义
反抗
内心恶魔
丧亲之痛
自我发现
难民

> **亚历克斯·坎贝尔说：**
>
> 反乌托邦小说的好处在于，它让我在 16 岁左右时意识到人生的真谛：人生不会总是一帆风顺，也不能中途下车。
>
> 亚历克斯·坎贝尔是《土地与云九》(Land and Cloud 9) 的作者。

环境与冲突

有时，故事中的冲突源自环境本身。从《鲁滨逊漂流记》到《荒野猎人》(The Revenant)，生存故事也可以描绘角色与自然世界的斗争。

在这种类型的故事中，故事的戏剧性可能来自一个克服重重困难的人物。

让斗争变得举足轻重。赋予你的角色们一个为生存而战的理由和一个他们试图实现的最终目标。

这个目标可能是重新找到失散的家人，或者是报复将他们置于死地的人。

《饥饿游戏》等反乌托邦小说呈现了噩梦般的场景，人物生活在受压迫的社会中。想一想为什么你所创作的故事的主角不能融入这个社会，找到冲突来为你的故事加油助阵。尽管这些故事有时呈现的是未来世界，但你也可以探索一些当代问题，比如在你所创造的虚构社会中，科技是如何掌控我们的生活的。

他受了重伤,只能望着远处的树,透过缝隙,他看到他们渐行渐远。他心中升起熊熊怒火,正如那包裹着松叶的一团火。在这世上,他什么也不想要了,他只想用双手紧紧地勒住他们的脖子,将他们杀死。他本能地开始大叫起来,又忘记了他的喉咙发不出声音,只感到疼痛。他用左肘撑起身子。他可以稍微弯曲右臂,但它支撑不了任何重量。这一动作使他的脖子和背部受到痛苦的折磨。

——《荒野猎人》,迈克尔·庞克

六十秒。按照要求,我们所有"贡品"都要在圆形金属板内站立六十秒,直至听到铜锣声,才能走开。提前一秒钟,地雷就会把腿炸断。在这六十秒内,所有的"贡品"围成一圈,与宙斯之角等距离站立。宙斯之角是一个巨大的金色圆锥体,尾端成螺旋状。宙斯之角的开口处至少有六米多高,里面堆满了我们在竞技场中使用的补给品:食物、盛水的器具、武器、药物、衣服、取火器。

——《饥饿游戏》,苏珊·柯林斯

反乌托邦:形容词

形容一个想象的地方或情景,充满了一切不愉快、糟糕的事情。

构建高潮

每个故事都会构建一个高潮。角色行为推动情节到达巅峰,这个情节的巅峰可以是与最强劲的敌人进行最终对决,也可以是直面内心最深处的恐惧。主角们只有征服了故事高潮中的挑战,才能实现他们的终极目标。

让高潮起到作用

创造一个让人满意的高潮,关键在于紧紧抓住读者的心。

如果你正在创作一部惊悚小说或冒险故事,其高潮情节需要比前面出现的所有情节更加跌宕起伏。

如果你创作的是一则恐怖故事,高潮中的主角应处于最恐怖的情境之中,并让读者体验同等的恐惧。

无论你创作的是何种故事,你都需要在高潮处激发读者强烈的情感反应。

詹姆斯·帕特森说：

我很喜欢快节奏。这是我的创作风格之一，但做到这一点并非易事。我从未在故事中设置诸如汽车爆炸之类的情节，保持悬念另有办法。每写一个章节，我都设法在你的大脑里开启放映机，让情节像一幅幅电影画面一样在你的脑海中呈现。

詹姆斯·帕特森是一位小说作家，他的作品既有面向成人的，也有面向青少年的。

罗莎·梅把我拽向湖边，一路拖着我，强迫我下水。"现在，你永远无法离开我了。"她用双臂紧紧抱住我说道。

"不要这样，"我喘着气说，"我不会游泳。"湖水冰凉，我感觉到无法呼吸。"放过我吧，罗莎·梅，求你了！"

她轻声地在我的耳边说："我告诉过你，我想到一个办法可以让夏天永远持续下去。"

我尝试着不妥协，用身体反抗她，但却毫无作用。她比我强壮得多。她把我抱得死死的，让我动弹不得。深深的无助感包围了我。她把我拖到更深的地方，沉入湖中，直到湖水淹没了我的头顶。

——《蝴蝶夏日》(Butterfly Summer)，
安妮-玛丽·康韦

突显高潮

在高潮部分,读者的注意力需集中在主角身上,所以作者通常会让舞台上多余的配角隐身。通过孤立主角,让他们独自面对对手,你就可以突显他们所面临的挑战的严峻程度。

想想卢克·天行者与达斯·维德的决斗或者哈利·波特与伏地魔的对决吧。

高潮:名词

故事中最有趣、最重要或最激烈的部分。

到达巅峰

思考一下,在你故事的高潮部分,如何使用下面提示中的一些创作技巧。为创造高潮情节,你可以使用多种技巧。

挫折	掩盖真相	症结
决战时刻	泄露	棘手
大灾难	辉煌时刻	灾难
灾变	顶点	改变心意
进退两难	紧要关头　紧急事件	180度大转变
反转　困境	终场　水落石出	无路可退
剧变　逆境	巅峰　高点	十字路口
原路返回	转机	关键时刻

背景

你需要提醒读者,故事已经到达了高潮。为了实现这一目的,作者有时会将场景转移到一个新地点。想想这个新场景是如何促进高潮来临前的情感聚焦的。在"魔戒"第三部《王者归来》中,高潮情节在末日山内展开,此时,弗罗多在竭力实现此次旅程的最终目标。

深渊底下的烈火在愤怒中苏醒,红光大炽,整个洞穴充满了炫目的强光和高热。突然,山姆看见咕噜将长长的手指放到嘴边,他白森森的獠牙闪现,接着猛地咔嚓一咬。弗罗多惨叫一声,跪倒在深渊的边缘上。但咕噜像个疯子般手舞足蹈,高举着戒指,那戒指仍戴在手指上,此刻正闪闪发亮,仿佛真是由熊熊烈火制成。

"宝贝,宝贝,宝贝!"咕噜高叫道,"我的宝贝!噢,我的宝贝!"他这么叫着,抬起双眼得意扬扬地看着他的战利品。就在这时,他的脚一下踏得太远,身子一歪,在边缘上晃了几晃,接着尖叫一声摔了下去。从深处传来了他最后一声喊着"宝贝"的哀号,然后他就消失了。

——《王者归来》,托尔金

揭露　供认　披露　惊人的真相　认罪　真相大白
真相时刻　　　　　　　　　　　曝光
　　　　　　　　　　　　　　　溜走
　　　　　　　　　　　　　　　泄露

彻底改变
摘下面具
背叛
挖掘
宣言
揭开面纱

反转和揭开谜底

和故事的情节一样,高潮应该迂回曲折,以便设置悬念,强化冲突。

作者有时可以使用反转来制造出其不意的效果,主角不再是读者期待的样子。也许是故事中的某个人物突然露出真相,他们并非我们表面所见的样子;也许是一个秘密被发现,一切都变得不一样了。

无论你创作的是何种类型的故事,想一想你如何才能进行颠覆。同时,也要确保你作品中所包含的曲折情节不会完全出人意料。

你应该在故事的早期就埋下伏笔,这样无论最终有多意外,这一高潮仍能让人信服。

真相时刻

故事中的每一刻都是为了将主要角色带入这一高潮情景中。每件发生的事、每一次经历都塑造了这些角色,并把他们推向高潮。

在高潮部分,要让主角经历真相时刻,主角当下所做的选择能揭示他们的真实性格。这一选择可能是他们人生中最重要的决定——这一艰难的选择将改变他们自身的命运。

记住,故事的高潮并不需要一场史诗级的对抗。也许只需要经历一段恬静的真情告白,角色内心的冲突与纠结便释然了。

他们能成功实现自己的目标吗?

又或者他们会在最后一关倒下?

这一切只有你能决定。

完美结尾

在读者读罢一本书之前,作者需要让读者感受到故事已接近尾声。终场是指故事最后的情境,在这一情境中,所有松散的细节连接在一起,在经历了故事中的众多事件后,人物展现出自己发生了哪些变化。终场是经历了高潮这一暴风雨之后的平静。

新的开端

优秀作品中的人物会让读者感觉栩栩如生。在这些人物的长期陪伴下,读者会忍不住好奇:故事结束后,这些人物将何去何从?

最佳结尾通常会提示主角们在故事结束后的生活状况。

在夏洛蒂·勃朗特的小说《简·爱》的最后一章中,女主角嫁给了自己的真爱罗切斯特先生。在小说的结尾处,读者可以得知,此刻,他们过上幸福的婚姻生活已经有十年了。

> **迈克尔·莫波格说:**
> 无论我笔下的故事结局如何,无论主题多么黑暗和艰深,故事中总会有希望和救赎,这并不是因为读者喜欢大团圆的结局,而是因为在内心深处我是一个乐观主义者。我知道早上太阳会照常升起,每条隧道的尽头都是光明。
>
> 迈克尔·莫波格是《战马》(War Horse)、《柑橘与柠檬啊》(Private Peaceful)及许多儿童读物的作者。

想想你怎样才能在故事的最后场景中向读者提示故事主人公未来的生活。

公交车已经开始下山了,我抓起米娜的手开始奔跑。我打了个赌:如果我们赶在公交车之前到达车站,一切都会好起来。

尽管现在很难走开,但每次我回家,妈妈还在,事情就变得容易多了。至少她在努力尝试,保持清醒:一天一天地过。

这就是我们的生活,有好日子也有坏日子。而坏日子与坏日子之间的间隔越来越长,这已经很了不起了。

一个很好的开始。

我们以一辆小轿车车身的优势跑赢了公交车。

——《无头蟑螂的狗日子》(15 Days Without a Head),
戴夫·卡曾斯

所有感受

每个作家都希望写出一个能与读者产生情感共鸣的结尾。最后的场景应该引发读者内心与所讲述的故事一致的感受和情感。某些类型的作品可能会激发某种特定的情感，比如在犯罪故事中抓获凶手会大快人心。想想你正在创作哪种类型的故事，当读者读到最后一页时，你希望给他们留下什么感受？

恐怖故事

愤怒	沮丧	激动	崩溃			
兴奋	暴怒	怒火中烧	害怕	恐慌	不安	紧张
吓呆	苦恼	勇敢	忧虑	焦虑	震惊	
精疲力尽	困惑	担心	忧郁	不知所措		
惊讶	厌恶	惊恐	怪异			

科幻小说和奇幻故事

震惊	惊叹	感激	狂喜	如释重负
喜悦	着迷	启发	激动	
惊讶	深思熟虑	满足	振奋	
充满希望	满意	吃惊	感兴趣	
入迷	勇敢	乐观	好奇	

犯罪小说和惊悚小说

震惊	吃惊	流泪	
暴怒	满意	惊讶	不安
紧张	喜悦	宽慰	焦躁
困惑	着迷	诧异	

喜剧

欣喜	高兴	开心
喜爱	狂喜	同情
满足	微笑	大笑
眉开眼笑	愉快	喜出望外
好玩	无忧无虑	快乐

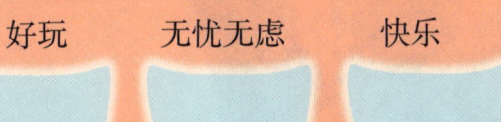

爱情故事

宽慰	兴奋	乐观
感伤	满意	充满希望
愉快	幸福	启发
感动	渴望	嫉妒
失落	快乐	兴高采烈
同情	宽容	感激
欣慰	心满意足	满足
赞许	狂喜	欢乐
	热情	

91

保持简洁

结尾的篇幅不要过于冗长。你需要给读者呈现出令其满意的结果,让他们觉得自己在故事上所花费的时间是值得的。所有未了结之事都应该尽快串联起来。让终场紧凑起来吧,这样一来,闭幕场景的情感冲击将达到巅峰。

> **帕特里克·内斯说:**
>
> 真正重要的是作者如何离开读者,而非高潮,我称之为"退场感"。
>
> 帕特里克·内斯是《当怪物来敲门》(A Monster Calls)的作者。

以下结尾给你留下了什么样的"退场感"？

剧透警告！

他们都在微笑，他们都在哭泣，确实如此，生活还将继续。冬天的伤害已经造成，但伤口很快会愈合，会被遗忘，然后消失。埃诺明白这一点，她不期望、希望或指望运气。这是事实，当她想到这一点时，她把胳膊沉入水中，松开了画框，两张陌生人的面孔，一个，两个，永远地消失了。

——《冬日伤害》(Winter Damage)，娜塔莎·卡休

在我们前方，那片阳光仍在山坡上。我从未见过像山坡上这般翠绿的草地。我们朝那里前行，一只脚放在另一只脚前面，每次慢慢地迈出一步，我们明白总有一天我们将会抵达。不久的将来，我将站在阳光里。

——《我的名字不是星期五》，乔恩·沃尔特

我站在停车场上，发现自己从未离家这么远过。这是我爱的女孩，我却不能追随。我希望这是英雄的使命，因为不追随她是我做过的最艰难的抉择。我一直在想她要上车离开了，但她没有。她突然转身看着我，我看见她哭肿的眼睛，我们之间的距离突然蒸发不见了。我们最后一次弹响断裂的琴弦。我感觉到她的手放在我背上。天已黑，我吻着她，睁着眼睛，玛戈也睁着眼睛。她离我如此之近，我能看见她，因为即使是现在，即使是在阿格罗郊区停车场的黑夜里，仍有看不见的光照出来。我们吻过后，前额抵着前额，看着彼此。是的，在这破裂的黑暗中，我能清晰地看见她。

——《纸镇》(Paper Towns)，约翰·格林

终场：名词

故事结束，难题都得到解决的那一部分内容。

情节漏洞与难题

完成一部故事的初稿确实是一大成就。然而，当作者在键盘上敲下最后一句时，他们面前仍有一座大山需要翻越。为准备好出版一本书，作者需多次修改，直至自己满意。

批判性读者

有些作家一边创作一边重读，通过回顾上一章节的内容来开始创作每个新的章节。这种方法可以让故事保持在正轨上，确保情节发展合乎逻辑。还有些作家认为重读会降低创作速度，因而他们倾向于先完成创作，然后再回顾作品内容。

斯蒂芬·金说：

创作一部作品时，你每天都在审视和确认细枝末节。完成这些步骤后，你必须后退一步，跳出来审视故事全局。

斯蒂芬·金是一名畅销书作家，作品主要是恐怖、奇幻和超自然题材的小说。

情节

情节

情节

情节

无论你是哪种类型的作家，重读初稿是你审视整部故事、检查故事是否顺畅的首要步骤。重读初稿时不可过于匆忙，这一点至关重要。

完成初稿后，你可以休息一下，让大脑放松放松。

停一停再去重读初稿，你将能够更客观地评判自己的作品。

95

那件事何时发生?

她在场吗?

但那是不可能的……

修补情节 漏洞

当故事逻辑崩塌,就会出现情节漏洞。情节漏洞包括故事中的事件不合理,故事中的人物行为不合逻辑,等等。情节漏洞表明需要对故事进行"手术"。

有时为了修补一个情节漏洞,你需要回溯前文,从而发现情节转向出现错误的初始点,并想办法将其纠正。

列出你所发现的情节漏洞以及为解决这些漏洞可以采取的不同措施。一些解决方案可能很简单,例如,在之前的场景中通过对话和描写增加可以解决这一问题的信息。举例来说,如果故事中的人物突然掏出一把钥匙,从困住他的一间上锁的房间里逃走,那么在之前的场景中,你需要展示他们把钥匙放入口袋的那一片段,从而为逃跑这一情节埋下伏笔。

克里斯托弗·埃奇说：

初稿的关键就是写完。关闭自己内在的批判思维，仅专注于在纸上写下文字。如果这一方法有所帮助，那就给自己设置一个截止日期——"我将于本周内完成本章"，"今天我会尽量写 1000 字"。偶尔给自己设置目标可以赋予自身所需的动力。

克里斯托弗·埃奇是《艾比的多重世界》和本书的作者。

这儿合理吗？

那儿难道不矛盾吗？

哥哥角色干的？

他怎么知道的？

为什么他没有……

不要害怕做出大的修改。如果你不能通过调整之前的场景来解决情节漏洞，可以考虑把导致情节漏洞的场景从故事中删除。这可能意味着需要重写的部分增多，但这能够避免读者对故事失去信心。

初稿检查清单

初稿不可能完美无瑕。不要过分纠结于拼写错误或检查句号之类的小问题，这一阶段的任务是保证故事的基本要素没有问题。

将故事打印出来，带着全新的眼光来阅读。第一次阅读时，不要做任何修改，但需要在页边空白处记录下你所发现的问题。

使用以下检查清单来帮助你专注于重要的方面。

☑ 故事
故事合理吗？是否有些地方会让人困惑？你能发现情节漏洞吗？

☑ 结构
故事的开端、中间和结尾是否清晰？情节发展是否合乎逻辑？读者是否能清楚事件发生的顺序？

☑ 人物
人物看起来可信吗？是否有一个关键角色，其行为和反应能推动情节发展？故事中的每个人物是否都不可或缺，还是可以删去某些人物？

☑ 冲突
主角有明确的目标吗？你是否展现出人物是如何因自身所面临的挑战而改变的？

☑ **场景**

故事中不同的场景让人感觉真实吗？故事中某些地方是否有过多的描写或情境设置？某些场景是否需要更多的描写？

☑ **对话**

人物所言听起来有说服力吗？对话是否能推动情节发展？是否透露了故事中人物的某些信息？读者是否能始终清楚地知道是谁在讲话？

☑ **情景**

故事的每个情景都是必不可少的吗？是否可以删除某些情景？

☑ **节奏**

故事的节奏合适吗？是否有些地方过于仓促？是否有些地方情节拖沓？

☑ **结尾**

故事是否构建了让人满意的高潮？结尾的感情基调是否合适？

修改和编辑

制订了修改计划,你就要着手修改故事了。不要惧怕从头开始重写手稿。这并不难,可以一个场景一个场景地去修改。

释放你内在的批判精神

创作初稿时,你需要严格控制你内在的批判精神,否则你可能永远无法写完故事。但当你重写时,你需要释放内在的批判精神,以便改进你的作品。

斟酌你故事中的每一句话,看看它是否以最佳方式传达出你所希望传达的意义。**警惕**那些长句或者当你大声朗读出来时听着过于笨拙的句子。**调整**词序,斟酌词语,直至这些表达听起来顺耳。

删除你的"心肝宝贝"

你可能创作出了完美的句子，但如果这些句子对故事无所裨益，那么你需要对其进行大刀阔斧的删除。编辑就是删减故事中无用的部分，即使你认为那些部分是你的最佳创作。不要灰心，你可以创建一个新的文件来保留那些"心肝宝贝"，或许有机会在另一部作品中用到它们。

编辑　剪掉　重写　砍掉

> **阿尔文·汉密尔顿说：**
>
> 一旦完成了所有的文字，我就会把它视作一部手稿的脚手架。我会通读全文，并且会经常发现我可以删减部分内容或者将两个场景合并，又或者某一章的写作在创作完成时已经偏离了我最初的想法，所有这些问题都需要解决。接下来，我会仔细检查并纠正这些问题。
>
> 阿尔文·汉密尔顿是《沙漠的反叛者》(Rebel of the Sands) 的作者。

101

编辑检查清单

通过使用以下编辑检查清单来润色你的作品，确保它能够大放异彩。

☐ **视角和叙述声音**

你是从什么视角来叙述故事的？这一视角是否发生了变化？叙述声音是否始终如一？

☐ **重复**

你是不是频繁使用同一个词或短语？你是否可以用代词替换，避免重复使用名词或者人名？你的作品中是否包含不必要的重复信息，即使这些信息变换了表达方式？

☐ **对话**

对话的格式和标点符号都正确吗？你是否在必要的时候使用了对话标签或其他提示信息，从而让读者清楚说话人的身份？

☐ **陈词滥调**

你是否使用了某些已经烂大街的表达，如"死透了"？你能否创造新的比喻或短语，以便用不同的方式来表达这些想法？

☐ **拼写和标点符号**

仔细校对，确保你的拼写和使用的标点符号准确无误。拼写检查并不会发现每个错误，所以你需要认真阅读，确保你在适当的地方使用了合适的词语。

☐ **副词和形容词**

你需要检查每一个副词。你是否可以用不同的动词来更准确地描述某些动作？你所使用的所有形容词都是必要的吗？你是否选择了最恰当的词语，以便在读者的脑海中创造出生动的画面？

尼克·霍恩比说：

继续吧，小作家们，用一个笑话或者一个副词来好好款待一下自己！犒劳一下自己！读者不会介意的！

尼克·霍恩比是一位小说作家，作品既有面向成人的，也有专门写给青少年的。

乔·克雷格说：

让每句话都有意义——为了故事，而不是为了句子本身的美感。推敲每一个字。每，一，个，字。

乔·克雷格是"吉米·科茨"系列作品的作者。

批判性读者

一部作品上架之前，编辑会认真阅读每个字和每个句子，并给作者反馈，帮助他们完善故事。

让你信任的人给出对于你作品的第二种意见。

让他们标记自己喜爱的部分以及觉得有瑕疵的部分。

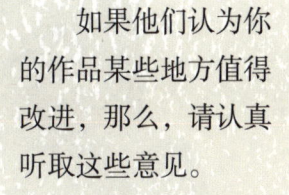

如果他们认为你的作品某些地方值得改进，那么，请认真听取这些意见。

选择 书名

有些作家喜欢确定了书名才动笔创作，比如犯罪小说畅销书作家伊恩·兰金。还有些作家等到故事快写完的时候才去确定书名，甚至会征求出版商的意见。不管怎样，如果想让你的故事脱颖而出，你需要选择一个让人眼前一亮的书名。

书名的长短

有些书名引人注目，似乎在喊着"看看我吧！"，还有些书名让人过目不忘，我们总是有各种各样的方法给故事起个不错的名字。

有的书名只有一个词，比如 Neverwhere（《乌有乡》），Holes（《别有洞天》），Uglies（《丑人》），它们非常引人注目，很容易让人们记住，但是你需要确保你选择的那个词够独特，并且提示了书的内容。

有时候较长的书名如 Miss Peregrine's Home for Peculiar Children（《佩小姐的奇幻城堡》）会让这本书听起来与众不同。但是想一想书名的长度吧，当你把它读出来的时候听起来如何？如果不能一口气读出来，那这个书名很可能不适合出现在书的封面上。

书名的灵感来源

很多书名的灵感都来源于你所创作的故事。

有时候主要人物的名字可以用作书名,比如,尼尔·盖曼的《卡罗琳》(*Caroline*),或者用主要人物的名字作书名的一部分,比如J.K.罗琳的"哈利·波特"系列丛书。根据地点命名的故事,比如《呼啸山庄》和《金银岛》会让读者立马了解故事发生的地点,但是要确保这个地点在故事中是很重要的。

一些作家倾向于选择能反映故事主题的书名。不妨想一想经典小说,比如《傲慢与偏见》或者《战争与和平》。然而,如果你选择较大的主题作为书名,你需要确保你所讲述的故事与书名相符!书名也可以与故事中的重要时刻以及对白有关——比如《杀死一只知更鸟》就来源于书中的一句台词,又如《饥饿游戏》是根据故事中的中心事件命名的。

马洛里·布莱克曼说:

"双叉"似乎是一个合适的书名,因为它能够体现托比一开始准备做的事情,那就是既出卖圈组织的犯罪头目亚历克斯·麦考利,也出卖叉组织的犯罪家庭道兹一家。但是到最后,托比却出卖了他自己。

马洛里·布莱克曼是"**圈与叉**"(*Noughts and Crosses*)系列丛书,包括《**双叉**》(*Double Crosses*)的作者。

名言和歌词

一些作家在歌曲、戏剧、诗歌甚至其他书中寻找书名灵感。布赖恩·科纳甘的青少年小说《那枚让我们相遇的炸弹》(The Bombs That Brought us Together) 就是受到史密斯乐团的歌曲《问》(Ask) 中一句歌词的启发。或许有那么一首歌能成为你故事中某个瞬间的背景音乐。或许有那么一句歌词恰好抓住了你故事中的某个重要主题。

雷·布拉德伯雷的小说《必有恶人来》(Something Wicked This Way Comes) 出自莎士比亚的戏剧《麦克白》(Mecbeth)。约翰·斯坦贝克的小说《人鼠之间》(Of Mice and Men) 来源于罗伯特·伯恩斯的一句诗。

不要仅仅因为听起来很酷就拿来用,你所用的句子或短语都应该能够体现故事的主题。

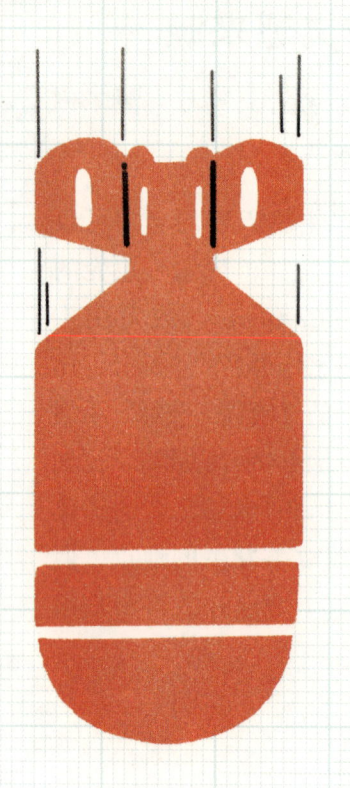

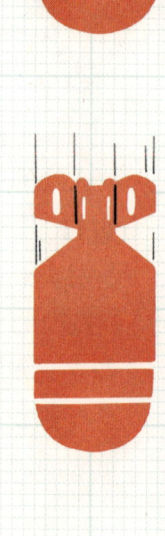

呼应题材

从**恐怖小说**到**神秘小说**,从**谍战小说**到**超自然小说**,你会发现某种特定题材的书中经常会出现某些相同的字词或短语。想一想,你希望从《女王的投毒者》(The Queen's Poisoner) 中读到什么样的故事?一个含有"恶魔""死亡"和"鲜血"的书名意味着这个故事是什么题材的?不妨看一看网上的畅销书单,了解一下你所写的这种题材的书名会出现哪些字词。

如果你的书名没有达到读者的期望,他们就不会拿起你的书。

但是你要记住,最好的书名往往不是随波逐流的,而是能够引领潮流的。有时候改变传统意象可以帮助你创造出一个新的书名,比如卡丽·瑞安的后末日丧尸小说《手与齿之森》(The Forest of Hands and Teeth)。如果你写的是三部曲,你或许想将其打造成一个品牌,就像维罗尼卡·罗斯的科幻小说探险三部曲——《分歧者》(Divergent)、《反叛者》(Insurgent) 和《忠诚者》(Allegiant)。

106

做些研究

如果你为你的故事拟定了好几个书名,你可以上网搜索一下相关信息。你也许会发现有些已经被人使用过了,但是你不用过于担心这一点,除非这是一本畅销书。书名没有版权之争,所以如果你坚持认为这个书名是最适合的,就用它吧!

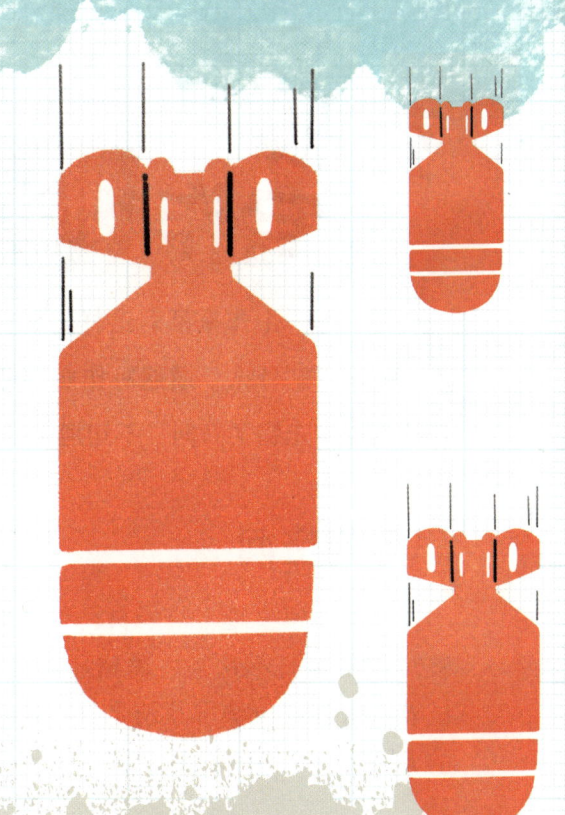

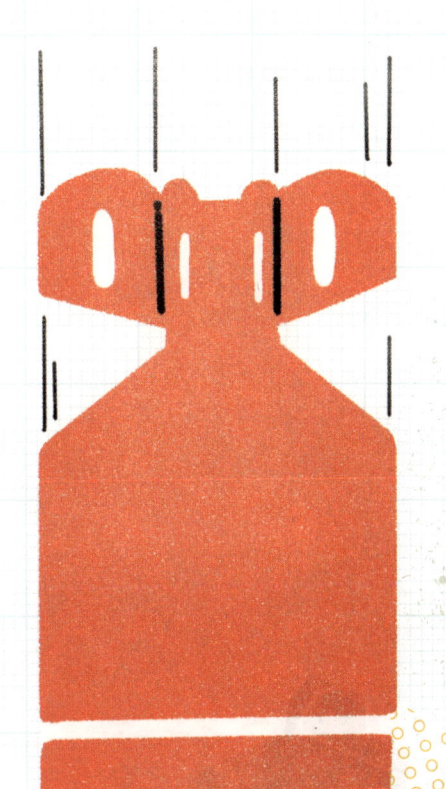

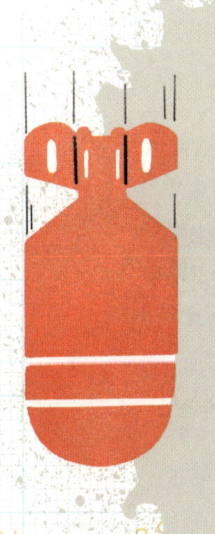

每一位作家都希望拥有大量的读者。尽量不要选择那些令人尴尬的书名,这样的书名会让读者感到厌恶,书店和图书馆也不会将其上架。

克服写作瓶颈

几乎每一个作家都有这样的时刻：盯着空白的纸张，不知道该写些什么。遭遇写作瓶颈意味着你文思枯竭，或是在创作的过程中走错了方向，不知道怎样绕回来。

思考的空间

很多作家发现，给予自己思考的空间能够突破写作瓶颈。不管是去遛狗还是去健身房锻炼，试着从纸张或电脑屏幕前走开，这样可以帮助你的大脑走出写作的瓶颈。

克里斯·德莱西说：

故事写不下去了？不要烧掉或撕掉手稿，更不要把它拿去喂仓鼠。从故事创作中停下来，听一听自己潜意识里的想法。跟上潜意识迸发出的奇思妙想。如果这些方法都不奏效，尝试着和朋友讨论讨论这个故事吧。

克里斯·德莱西是《最后一条龙的编年史》(The Last Dragon Chronicles) 的作者

写作伙伴和写作小组

有时候，一个可以与你讨论的人能帮助你走出瓶颈。你需要找一个同样喜欢写作的朋友，或者加入一个写作小组。和他人分享你创作的故事、把你正在写的作品读出来，你可以从中得到许多有益的反馈，也会产生一些新的想法。

停止自我批评

当你写作时，有时候你内心的批评家会占上风。尽量不要在乎那些负面的想法，把注意力集中在你想说的故事上。最后，你会有时间打磨你的作品，但是现在，最重要的是把故事写出来。不妨把你的担忧写在一个文档里存好，编辑加工的时候再去琢磨它们。

避免写作瓶颈

　　避免写作瓶颈最好的策略是，在你很清楚接下来要写什么的时候停下。每写完一节你都可以做笔记，给接下来要发生的事件列一个大纲。那样的话，你就知道应该从哪里继续写了。

　　如果你觉得你的故事越写越没有活力了，试着改变一下你工作的方式。将打字换为手写，或者反过来，以此来激发作品的生命力。

　　有时候，如果你不知道怎样将某个场景继续写下去，重写可以解决问题，并给你带来新的灵感。

　　如果还是不行，你可以先把这个场景放一放，去写另一个你知道该怎么写的场景。

安吉·塞奇说：

试着构思一个全新的、出乎意料的人物。如果这个人物以戏剧化的方式出现，你便可以写出有趣的情节，你的灵感会再次冒出来。

安吉·塞奇是"塞普蒂默斯·希普"(Septimus Heap)和"阿拉明塔幽灵"(Araminta Spook)等系列书籍的作者。

作家在塑造科幻人物的时候也会遭遇瓶颈……

佩内洛普低头盯着面前空白的纸张，这大片白色代表着她的故事尚未完成。她觉得自己就像斯科特船长一样，在"发现号"的船头凝望着隐约可见的大西洋海岸线，奇形怪状的冰山扰乱了他的视线。佩妮（佩内洛普的简称）叹了一口气，她的视线滑向桌旁的废纸篓，一团团纸从中漫了出来。纸上歪歪倒倒地写满了未完成的句子，这些都记录下了她的失败，她没能借助蒙哥马利·弗林奇的笔在这个新故事中找到哪怕一个支点。

——《黑乌鸦阴谋》(The Black Crow Conspiracy)，克里斯托弗·埃奇

发表你的作品

每一位作家都希望自己的作品拥有更多的读者。无论你是希望这本书成为最具人气的畅销书,还是仅仅想和志同道合的读者分享你的故事,想发表作品总是有很多途径。

寻找出版商

你可以在书店里逛一逛,找到最符合你的作品题材的分类,可以是犯罪小说、恐怖小说、幻想小说、科幻小说、言情小说、青年小说,甚至可以是其他类型的小说。记下出版这类书籍的出版商。在书的版权页,你可以找到出版商的地址,通常也能找到其官方网站。

浏览一下出版商的网站,看看他们是否在寻求新作家的投稿。许多出版商只会看那些由文学代理推荐的手稿,但也有一些出版商会翻看自己收到的一大堆毛遂自荐的手稿,试图从中找到全新的伟大故事。紧跟出版商的投稿指南,让你的书稿能够最大程度地脱颖而出。

寻找代理

就像足球代理人为其明星球员签约欧洲冠军联赛的足球俱乐部一样，文学代理代表作者，试图为他们的书找到最好的出版商。找到文学代理的好处之一就是他们知道哪些出版商正在寻找你所写的那种故事。代理可以将你的书稿推荐给合适的人，如果出版商想要出版你的作品，你的代理会与其洽谈出最好的出版协议，再从你的稿费中收取一部分作为代理服务费。

在英国，你可以在大多数图书馆都有的《作家和艺术家年鉴》（Writers' & Artists' Yearbook）这种类型的书中找到文学代理名单。就和寻找一个潜在的出版商一样，研究一下代理喜欢代表的作者类型，以便确定他们是否会对你的故事感兴趣。

与代理及出版商沟通

不管你是和代理还是和出版商沟通,你都需要以专业的方式展示自己以及你创作的故事。大部分接收新作品的代理和出版商会让你提供**自荐信**、**故事梗概**,以及一些**样章**,这样他们就能够了解足够的信息,以便决定是否要读完这个故事。

自荐信

这是介绍你自己以及你的手稿的一次绝佳的机会。信可以写得简洁一点,但是你要确保书名、书的题材以及大致的字数都包含在里面。

你可以用一两句话总结你所写的故事。你可以把它视为你的"电梯游说"[1],不妨以干脆又吸引人的方式总结一下你创作的故事,来吸引代理和出版商的注意,增加他们继续读下去的热情。

你还可以解释一下你写的书是独立的一本小说还是你所计划的一系列图书的第一本。最后,你可以稍微介绍一下自己,特别是一些能够展示你作家技能的细节。如果你是一名有自媒体频道的图书博主,一定要提到这一点哟!

---
1 即用极具吸引力的方式简明扼要地阐明自己的观点,让对方哪怕是在乘电梯的短时间内也能领会你的意思。

概要

概要是全书的总结。并不是让你逐章地将故事情节的每一个细节都列出来。

不妨把概要想成一个长一点的图书短评，只不过这是一个会透露最终结局的图书短评。

试着将概要控制在一页以内，介绍一下人物、背景，以及主要的情节。如果是英文写作，记住要用一般现在时来写概要，即使你的故事是用一般过去时写的。既然你希望代理和出版商选择你的书稿，那就把你的概要写得让人无法拒绝吧！

样章

代理和出版商会收到应接不暇的稿件，所以，你一定要严格按照他们的要求提供材料，以此来获得他们的好感。如果代理要求看前三章，不要因为第四章中有你最喜欢的情节就把它一并提供给他们。

确保你以正确的方式提供了样章。

首先是书稿的封面，包括书名、作者名和具体联系方式。接下来每一章都要另起一页，文本用双倍行距，左对齐（对英文而言）。标上页码，每一页也要标注上你的名字和书名。

做好被拒绝的准备

即使是最著名、最有成就的作家也曾遭遇过出版商的拒绝。J.K. 罗琳的作品《哈利·波特与魔法石》曾被 12 家出版商拒绝，直到布鲁姆斯伯里出版公司的一个编辑决定给它一次机会。

如果你提供的样章遭到了拒绝，不要因此灰心。记录下你得到的反馈。代理、编辑和出版商都是大忙人，所以，如果他们其中有人花时间给你提出建议，看看能否从中学到些什么。一个成功的作家每时每刻都在尝试着进步。让"被拒绝"的经历激励你成为一名更好的作家。

退稿！

抱歉……

感谢您的来稿，但是很遗憾……

布莱恩尼·皮尔斯说：

每一次我遭到拒绝，我都给自己一天的时间沮丧。然后我会振作起来，对自己说："对，你要重新写一遍。"就是这样……我认为你必须很顽强，很厚脸皮，很坚持不懈，很乐意去重新写你的故事。

布莱恩尼·皮尔斯是青年小说《天使的愤怒》(Angel's Fury) 和《凤凰之浴火重生》(Phoenix Rising) 的作者。

分享你创作的故事

接触读者的另一种方式是将你的小说发布到网络上。有一些故事分享的软件和网站，作者可以免费上传自己创作的故事。上百万的读者能够逐章地阅读，并且进行评论和反馈。这是一个为你的小说建立读者基础的好方法。少女作家贝丝·里克尔斯的作品《亲吻亭》(The Kissing Booth) 在网上获得了 1900 万的阅读量，她因此获得了一个大出版商的三本书的约稿。

埃丝特尔·马斯卡姆说：

发布新的章节以后，快速得到反馈，聆听他人评价，这无疑激励了我继续创作。很高兴还有很多人在等着了解接下来的故事。

埃丝特尔·马斯卡姆是《我说过我爱你吗？》(Did I Mention I Love You?) 三部曲的作者。

恐怕我们……

很可惜……

成为一名作家

想成为一名作家，绝非简单地创作一部作品就可以了。如今，畅销书作家需要去世界各地宣传和推广他们的作品。在英国，每年新出版的图书超过一百万种。因此，如果你希望读者能够分享你的作品，你需要让它们从众多书籍中脱颖而出。

作家网站和博客

建立自己的网站或博客，它们可以为你提供创作的展示窗口。在此，你可以分享自己的信息以及你所创作的故事。

你可以展示最新作品中的一些样章，试着去吸引一些潜在读者。

你可以看看你所仰慕的作家们的网站，想想他们的网站是否有一些你可以借鉴学习的地方。

许多作家使用博客来分享自己的经历，谈论自己如何创作，讲述作为一名作家的生活日常。另一些作家则使用博客来分享他们对自己所关心问题的看法。无论你决定写什么，确保你博客创作的质量要达到你小说的质量。

青少年文学畅销书作家约翰·格林与弟弟汉克·格林建立了一个视频博客频道，吸引了超过一百万名订阅者；与此同时，时尚和美容视频博主佐伊娜也见证了自己的处女作成为年度销售速度最快的书籍。

写博客是你与读者以及同行作家们交流互动的一种良好方式。但是，不要因此分心，你应当把精力投入故事创作中。

尼尔·盖曼说：

我从小就喜欢写作，我是那种拼命想要写作的人。写作是有点儿孤独的，我希望能与更多的人分享这个过程。所以，我喜欢上了写博客，已经坚持写了十年。

尼尔·盖曼是成人小说和儿童小说作家。

119

想想你可以用哪些方式来推广你的作品

- 新闻报道
- 比赛
- 样章
- 图书预告片
- 杂志文章
- 博客
- 评论
- 博客之旅
- 广播
- 免费发放
- 签约
- 互动问答
- 视频博客
- 聊天
- 播放列表
- 名片
- 作家园地
- 访谈
- 作家网站
- 互联网
- 新闻发布会
- 阅读
- 作者自传
- 试读
- 图书展示
- 在线社区

建立社交网络

社交网络是挖掘读者的另一条途径。成功的作家有现成的读者，但如果你想要找到自己的追随者和粉丝，你需要分享有趣的内容。

你可以分享你创作最新作品的进度，或者分享热门的文章和视频的链接，思考一下你如何才能与读者和作家朋友建立联系。在社交媒体上可以使用话题标签，寻求并分享写作建议，同时你还可以推荐你最喜爱的读物。请记住，这些是社交网络，所以，不要把这些交流空间当成一条单行道——你需要融入他人，与他们交流，让自己进入更大的社区。

一些作家认为，使用社交网络能激发他们的创作灵感。大卫·米切尔的小说《斯雷德大宅》（*Slade House*）就是从他在社交媒体上一点点发布的一篇名为《正确的类别》（*The Right Sort*）的短篇小说而来。还有一些作家会在社交媒体上收集能激发灵感的各种图片和链接。

- 话题标签 #
- 社交媒体
- 图书分享会
- 写作比赛
- 时事通讯
- 附加内容

> **埃丝特尔·马斯克姆说：**
>
> 使用社交媒体来宣传我的作品，这意味着我与读者们建立了密切联系，尤其是现在，因为他们从很早就开始关注我了。社交媒体让我们只因热爱写作和阅读就可以进行互动，这简直不可思议。
>
> 埃斯特尔·马斯克姆是《**我说过我爱你吗？**》三部曲的作者。

书评和访谈 ★★★☆☆

每个作家都梦想着有朝一日翻开报纸就看到对自己最新著作的狂热好评，或者坐在电视演播室里谈论自己作为作家的生活。然而，如果你想要宣传自己的作品，你还需要一个宣传计划。

你可以想一想是否有其他方式可以用来宣传你自己以及你的作品。无论是报纸、杂志、读书博客，还是读书播客，有大量不同的出版物和平台定位于新书和新作家。

你的作品中是否有某一视角很有趣，可能会吸引记者？

也许你的情节改编自当地的民间传说，又或者讲述了新闻中的热点事件？你需要列一个清单：你可以联系哪些人，你可以用哪些方式让他们对你的作品产生兴趣。

读书博主对于自己所喜爱的图书会全力捍卫。看看哪些博主会评论跟你的创作类型相同的书籍。你需要去查证，这些博主是否会接受作者直接寄送图书供其评论。如果他们接受，那么就联系他们吧。记得保持礼貌，邮件尽量简洁，询问你可否寄些自己的作品给他们看看。读书博主往往会收到大量图书，所以，如果他们拒绝了你，你也不用太沮丧。

通过播客和视频博客，你能够有机会谈论你的作品。那么，为什么不试试让你的朋友采访你最新作品的状况，或者朗读一下开篇章节？如果某天你写出了畅销书，获邀参加访谈节目，那么这将会是一次很好的彩排。

> **克里斯·里德尔说：**
> 我很喜欢各种文化节，因为这些节日可以让作家认识其他同行，并分享自己的经验。
>
> 克里斯·里德尔是一名童书作家兼插画家。

讲座和朗读

无论是各种文化节，还是书店和图书馆里的讲座，都会收获大量乐意听作者讲述的观众。

如果你有机会亲眼见到自己最喜欢的作家，那就去看看他们是怎么做的吧！

一些作家会针对自己的最新作品进行分享，还有一些作家会提供创意写作工作坊来激励新作家。

想想你有什么天赋，同时不断练习你的技能。你可以主动提出到当地的图书馆或者书店里就你的新书进行分享。如果你决定在分享中阅读你作品中的某一部分，你需要确保你选择的那一部分是非常精彩的，同时你需要提前进行大声朗读的训练。

创作系列故事

　　有时候，作者想要讲述的故事规模宏大，无法用一本书写完。托尔金创作的魔戒三部曲包含了近50万字，而J.K.罗琳的"哈利·波特"系列总共写了七卷。如果你想要在自己创造的虚构世界里投入更多时间，那就创作一个系列吧，这样一来，你就会有更多空间来讲述所有你想要讲述的故事。

系列故事的类型

有些系列小说，比如《饥饿游戏》，有一个主线情节，故事会在最后一本书中自然地终结；而其他的系列小说却可以永无止境地持续下去，因为同一个主角可以在每本书中开启新的冒险。

你需要确定，你想要创作的是哪种类型的系列故事。

在写之前先想一想，你的故事是否有一个明确的结局，还是有一个可以产生大量不同情节的人物或场景。

人物和场景

从那些人名比书名更响亮的虚构侦探们，到展开史诗级探索的奇幻作品中的男女主角，读者们希望故事中的人物极具吸引力，能够让他们追随整个系列。想一想，在你的系列作品中，谁会担当主角。故事中人物的性格是会像蝙蝠侠一样在每部漫画书中保持不变，还是会因故事中的事件而发生剧变？

虚构的世界需要有丰富的细节，这样才能支撑多个故事。菲利普·普尔曼创作的《黑暗物质》三部曲带领读者穿越了一系列平行宇宙。犯罪系列故事虽然有时会设定单一地点，但同时会有一个侦探调查发生在该地点的不同犯罪案件。确保你考虑了自己作品中虚幻世界的广度，以及在你的系列故事中将多次出现的主要场景。

125

整体规划和时间轴

作者开始创作系列作品中的第一部时,需要在脑海中勾勒出整个系列的轮廓。这并不意味着他们了解故事情节的每个细节,而是他们可以思考如何将故事进行分解,写进系列中的不同分册中去。思考故事中事件发生的顺序有助于确定每本书开头和结尾的位置。

如果你正计划创作一个三部曲作品,你需要考虑整个故事的最终结尾,以及每本书将如何达到高潮。你是否想要像帕特里克·内斯在《永不放下的猎刀》的结尾部分一样,以悬念结束第一部作品?作者经常试图在让读者感到满足和让他们渴望阅读系列中下一本书之间取得平衡。记录下发生的关键事件以及参与事件的人物,这可以帮助你避免出现情节不连贯的问题,例如,你可以避免让第三部作品中的人物去谈论第一部作品中他们不知情的事件。

你需要对人物和场景多做笔记,这可以帮助你确保自己在每本书中对人物和场景的描述都是一致的。

简·劳斯说：

相比创作整个系列而言，更好的做法是全心全意创作一部真正优质的作品，仅少量构思后续故事。因为，很有可能，你的构思会发生巨大变化。无论如何，把第一部作品打磨得尽量完美，这样你的时间才花得更有价值。

简·劳斯创作了大量儿童读物，代表作有**"芭蕾明星"**（Ballet Stars）和**"体操明星"**（Gym Stars）系列。

克里斯托弗·埃奇说：

当我创作《艾比的多重世界》时，我头脑中需要放置五个不同的平行世界，同一个人物需要出现在五个不同的平行世界里！想想之前的故事——那些塑造人物性格的事件——可以帮助你理解他们的动机。

克里斯托弗·埃奇是《艾比的多重世界》和本书的作者。

创作一部戏剧

舞台上可以讲述各种类型的故事，喜剧悲剧均可。创作戏剧就是通过语言让戏剧栩栩如生，有效地呈现到舞台上，吸引和取悦剧院里的观众。

了解形式

你可能知道如何在书里写出一个好故事，但创作戏剧剧本时，你需要了解如何将这个故事搬上舞台。阅读戏剧剧本以及定期去剧院都可以帮助你了解不同类型的戏剧如何运作。比较诸如《深夜小狗神秘事件》等已经改编成舞台剧的小说，可以帮助你理解小说和戏剧这两种形式之间的差异。

喜剧
滑稽剧
剧院
舞蹈
家庭现实主义戏剧
现实主义
后现代主义
复仇悲剧

现代主义
悲剧　情节剧
街头剧
　　　史诗
　　道德剧
　　　　戏剧
表演
　先锋派　悲喜剧

人物与对话

每部戏剧的关键要素就是对话。对话可以揭示人物的个性,表达他们的情感和观点,传递信息,从而推动戏剧情节向前发展。

剧作家们也用对话来营造气氛,人物所说的话以及他们说这些话的方式,设定了一个场景的基调。

许多作家在创作时会大声朗读他们的剧本,同时思考对话的节奏以及对话听起来是否自然。剧本中舞台提示语对人物行为的描述可以起到强调作用,但是一些演员更倾向由他们自己决定如何表达台词。当然,也不要忘了沉默的重要性。

有时候,人物的沉默传达出的信息量相当于一整页的对话。

创作小说时你的预算是没有限制的,而创作剧本就大不相同了,想想如何在舞台上呈现戏剧。你需要尽量限制作品中人物的数量。需要的演员越多,戏剧进行专业化制作的成本就会越高。

滑稽模仿　多媒体
神话
哑剧　音乐剧
歌剧　边缘戏剧
独幕剧
青少年剧
政治剧　自然主义戏剧

> **露辛达·考克森说:**
>
> 对话是角色对自己、对他人、对观众说的话。当然,对话首先是角色对作者说的话。当角色带着巨大的紧迫性与作者对话时,这种紧迫性便转化为真正紧张而急迫的对话。
>
> 露辛达·考克森是一名剧作家和编剧,其戏剧在世界各地上演。

表演和场景

即使只有一个空荡荡的剧院舞台，观众的想象力也可以把他们带到任何地方：宇宙飞船的内部、被施了魔法的森林中心、中世纪国王的宫廷，或是一座21世纪的公寓楼。

剧作家用舞台提示语来引导演员、导演和幕后人员，告诉他们戏剧中的每个场景在何时何地发生，场景设置应该是什么样的。

这些舞台提示语应该清楚而简洁，这一点至关重要，只有这样才便于相关人员理解。在你创作戏剧时，想想你所使用的舞台提示语，以及这些提示如何辅助制造出一种身临其境的舞台效果。例如，一把椅子可以用来展现警察审讯室。

> **大卫·伍德说：**
> 对演员阵容和舞台的限制不一定是一件坏事。明确的条件限制可以是一个帮助，而非障碍。
>
> 大卫·伍德是一位编剧和剧作家，被授予大英帝国勋章。

提词

舞台左侧

舞台右侧

舞台后部

舞台前方

场界

幕后

退场

彩排

入场

剧本朗读会

提示

从剧本到制作

一旦你完成了剧本创作，你需要想方设法让你的戏剧在舞台上上演。留意那些寻找新剧作家的比赛。这些比赛有时会在网上发布广告，但在你参加之前要确保比赛是合法的。

本地剧院和戏剧团体经常寻找新素材，所以你可以看看他们是否有兴趣上演你的戏剧。这可以让你有机会与演员和导演合作，帮助你成为一名更好的剧作家。

创作电视剧剧本

故事是电视剧的精髓所在。不管是单本剧、系列剧、情景喜剧，还是肥皂剧，电视编剧们用多种形式创造不同的故事。想想那些创下收视纪录的连续剧是如何吸引你追看的。

抓住观众的心

在电影院看电影时不能切换频道，但是看电视剧的时候你手握遥控器。无论什么类型的电视节目，编剧必须在片头便吸引住观众。如BBC出品的科幻电视剧《神秘博士》，片头通常先于开场字幕出现，特别介绍在本集中博士将面临的困境。

思考一下你如何为电视剧剧本设计一个富有创意的片头。

你能设计出怎样最具戏剧性的场景，从而牢牢地把观众们的注意力锁在电视机前？

记住，片头不一定是故事线的开端。一些编剧会把接近剧集高潮的戏剧性场景作为片头，然后通过倒叙的方式展开后面的情节，最后再与片头衔接。

场景分解

很多电视编剧都通过场景分解来规划每一集的剧情。在肥皂剧或侦探剧中,不同的剧情可能各自需要几集来讲完,而在单本剧中,整个剧情可能只有 60 分钟。

编剧们会仔细考虑场景的排序方式,为了让剧情看起来不那么老套,可能会进行场景拍摄地点的切换,内场与外场交替,动作戏后往往会来一段安静的、引人深思的剧情。

正如在任何其他形式的故事中一样,编剧需要考虑如何在不同场景中营造情绪。

优质电视剧往往通过切换场景来营造快节奏的观感。

> **萨莉·温赖特说:**
>
> 我会花一两周来分解某个场景,然后花大约一周时间处理台词,这是最有趣的部分。
>
> 萨莉·温赖特是一名导演、制片人和编剧,曾获得英国电影和电视艺术学院奖,参与的电视剧包括《重案组女警》(Scott & Bailey)、《哈利法克斯最后的探戈》(Last Tango in Halifax) 和《幸福谷》(Happy Valley)。

与角色产生联结

从神探福尔摩斯到荷马·辛普森（《辛普森一家》中的父亲），令人难忘的角色成就了不容错过的电视剧。想想如何在电视剧中创造出使观众愿意花时间去了解的角色。记住，不一定要观众喜欢他们看到的每一个角色，但是编剧对角色的塑造会让观众急切地想知道角色接下来的遭遇。某些类型的电视剧通常有特定类型的角色，例如在犯罪剧中，侦探通常是主角。努力创造有特点的角色，不要让观众觉得千篇一律。

动作及对话

有人说，行胜于言，但在电视剧中，角色的动作和对话一起塑造出精彩绝伦的故事。在创作电视剧剧本时，编剧会用提示语来说明动作，例如"吉恩跳到驾驶座上，汽车呼啸而过"这句，并通过突出显示角色的名字来提示该台词属于哪个角色。你可以在一些编剧类网站上查看剧本，了解其中要义。

1. 医院外

   远处响起救护车的警鸣声。

2. 急诊室内

   一个愤怒的年轻人用拳头捶打护士站的桌子。

   史蒂夫

   我等了快一个小时了！

   我会在这里流血流死的！

   他的另一只手在护士站护士的眼前晃了晃，露出手腕上鲜血浸透的绷带。

   护士

   如果你坐下来，我们会尽快注意到你。

   门砰的一声开了，几名医护人员把一名事故伤员推进急诊室。

   医生

   我需要一个急救小组，立刻！马上！

走上荧幕

有时 DVD 和蓝光电视剧会包含拍摄花絮。去看看这些花絮如何介绍电视剧剧本的创作过程的。尝试创作出你喜欢的电视剧。

寻找进入电视行业的机会，比如参加一些网站上发布的剧本写作比赛。

创作电影剧本

电影剧本的完成并不意味着故事的完成,这只是拍摄电影的第一步。无论是一部好莱坞大片,还是一部你和朋友在自己家的院子里就可以拍出来的电影,剧本都是为导演将纸上的文字转换成动态的画面所做的方案。

电影如何构成?

所有的故事都有开头、中间和结尾,但是在电影制作中,导演们却倾向于说"幕"。大多数电影的结构可以分解为三幕:建置、对抗和结局。

❶ 建置

第一幕是建置,这一幕确立主要人物并设置戏剧性场景来推动电影情节的发展。电影《蝙蝠侠:侠影之谜》的开场展示了布鲁斯·韦恩在年幼时目睹了父母被残忍杀害的情景,正是这件事激励他打击犯罪并最终成为蝙蝠侠。

❷ 对抗

第二幕是对抗，这一幕是电影结构的主体，持续时间最长，就像在小说或短篇故事中一样，这一幕将突出那些阻碍主人公快速实现其目标的冲突及障碍。在电影《玩具总动员》中，冲突就是胡迪和巴斯光年充满戏剧性的旅程，以及它们试图回到安迪身边所面临的各种危险。

❸ 结局

第三幕是结局，这一幕是电影的高潮部分，可能是主人公和其宿敌之间的最后一场对决，也可能是男女主人公最终实现其目标的情景。

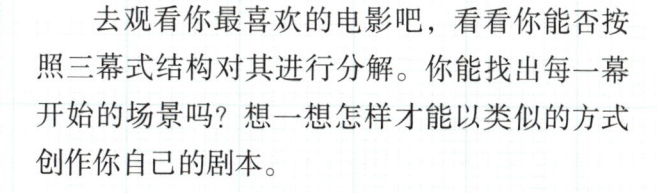

去观看你最喜欢的电影吧，看看你能否按照三幕式结构对其进行分解。你能找出每一幕开始的场景吗？想一想怎样才能以类似的方式创作你自己的剧本。

在电影《外星人 E.T.》中，埃利奥特发现外星人 E.T. 这一充满戏剧性的情景为接下来的剧情发展做了铺垫。

在埃利奥特的房间，白天

　　埃利奥特从衣柜里出来，走到房间里，外星人跟在他身后，身上裹着一条毯子。

埃利奥特
来呀，不要害怕，没关系的，来呀。
来呀，来呀，来呀，来呀。
他们站在那里互相看着对方。

埃利奥特
你会说话吗？就是，说话？
外星人沉默不语。

埃利奥特
我是人类，男孩，埃利奥特，埃——利——奥——特，埃利奥特。

137

声音和视觉

电影是为大屏幕制作的，所以编剧需要从视觉上把故事呈现出来。在主角试图拆除炸弹的场景中，瞥一眼嘀嗒嘀嗒的时钟，就显示出了时间的紧迫感。如果你在写一部浪漫喜剧，想一想，在没有对话的场景下，你能够给观众提供哪些视觉线索，让他们知道剧中两个角色相爱了。

编剧可以使用不同的技巧来提供信息或营造氛围。皮克斯电影《飞屋环游记》的开场通过使用蒙太奇手法，借助不同影像来讲述卡尔的生活故事，没有用到只言片语。当你把电影情节进行多幕分解时，构想一下你想让观众看到的画面。另外，音效也是必不可少的。

> **沙恩·梅多斯说：**
>
> 你不会立马就创作出完美的剧本。永远不要把任何剧本的初稿发给别人。我绝不建议你这么做，因为你以为自己写得很棒，但当别人读到它的那一刻，通常会指出很多问题。所以，我的秘诀是，当你创作的时候，要做好长期准备。你需要花很长时间才能把你的故事及故事中的人物打磨得像样。
>
> 沙恩·梅多斯是《**这就是英格兰**》(*This Is England*) 等电影的编剧。

使用正确的格式

专业编剧使用专门的编剧软件对剧本进行合适的排版。不过，如果你有机会看到真实的电影剧本，你可以使用普通的文字处理软件包来复制它们的格式。

你是否知道？

> 大多数英文剧本使用 12 号 *Courier New* 字体，一页 **A**4 大小的剧本在屏幕呈现的时间是一分钟。

典型的电影时长约为两小时，这意味着你要写一个 120 页的剧本。

每一个场景都有一个标题，告诉读者事件发生的地点和时间。英文中可以使用缩写"INT"代替"Interior"（内部），缩写"EXT"代替"Exterior"（外部），来表示场景是设置在室内还是室外，以及动作的确切位置和时间。一些编剧会在剧本中对特定镜头进行标注，如"特写"，但另一些编剧则让导演来做决定。

139

创作广播剧

如果一位作家想让优秀的演员通过声音赋予其文字生命力,从而创造出戏剧效果,那么他们可以尝试创作广播剧。

激发想象力

广播剧形成于听众的想象中,所以故事发生的场所不受限制。《银河系漫游指南》(The Hitchhiker's Guide to the Galaxy)最初是一部广播剧,后来才被改编成图书、电子游戏、电视剧以及电影。

一些广播剧是单集的,时长 15 分钟到一个小时不等,而另一些广播剧则是由多集组成的系列剧。

听一听不同的广播剧,想一想哪种类型适合你想要讲述的故事。

阿尔·史密斯说:

广播剧做好很难。你与听众的关系最为亲密,因为在广播中只有你和听众。如果你的故事站不住脚,听众会敏锐地觉察到,然后放弃收听。

阿尔·史密斯是一名电视剧和广播剧编剧。

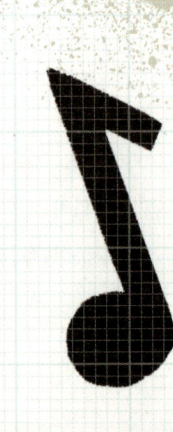

戏剧语言

广播剧作家最重要的工具就是他们使用的语言。一句恰当的表述可以让听众的脑海中立即浮现出画面。

剧作家们会细细推敲不同词语之间的关联，然后选择能够营造理想氛围的词语。在营造特定情绪时，语言的节奏也很重要。

大声朗读对话可以帮助你思考情景中的节奏是否适当。

角色与冲突

就像其他类型的故事一样，广播剧的核心也是角色和冲突。与电影电视剧不同，广播剧的单个场景中只有少许几个角色时效果最好，所以剧作家将对话控制在两到三个角色之间，这样听众就更容易分辨出是谁在说话。

让角色的声音与众不同——无论是说话的内容还是说话的方式。对话应该展现每一个场景中的核心冲突，通过情感充沛的话语来传达想要表达的情感。

迈克·沃克说：

在某种意义上，广播使人仿佛置身于一个宇宙般广袤的剧院中。你在利用听众们的想象力，他们在和你一起共同创造这个故事。

迈克·沃克是一名广播剧作家。

朱莉·梅休说：

我发现广播剧剧本写作更像是在写小说而不是为剧院创作，这是因为在小说和广播剧剧本中，我都倾向于探索角色的内心世界以及他们的行为。也就是说，我既会写角色在做什么，也会写角色在想什么，并且经常会写出其行为与思想之间的矛盾。

朱莉·梅休是一名图书作家和广播剧作家。

音效

由于没有视觉图像来引导听众，所以广播剧作家会使用音效来体现不同的场景。例如，用响亮的汽车鸣笛声来体现一名司机因道路施工被困，用马蹄声来体现福尔摩斯追赶莫里亚蒂教授的情景，故事的时间和地点都可以通过声音来体现。

音效的改变可以暗示场景的切换，帮助听众在角色开始说话之前就明白对话的环境。

记住，你是在为广播创作剧本。在外星人宇宙飞船密密麻麻盘旋在议会大厦上空的场景中，你需要让角色说出他们对所见情景的恐惧感，描述他们的逃跑行为，并配以戏剧性的音效来完成对这一情景的呈现。

143

创作电子游戏脚本

新技术为作家讲述故事提供了新的机会。在英国,电子游戏是一个价值数十亿英镑的产业,汇集了设计师、艺术家、程序员和软件工程师,但每款游戏的核心都是一个好故事。

游戏类型

和图书、电影以及电视剧一样,电子游戏也有多种类型。从第一视角射击游戏到角色扮演游戏,从开放世界冒险游戏到模拟和策略游戏,作者在电子游戏中讲述的故事的类型会受到游戏玩法的影响。

在一些电子游戏中,玩家是游戏情节的核心,通过他们控制的化身体验游戏世界。在《文明》(*Civilization*)等其他游戏中,玩家拥有神一般的能力,可以控制游戏世界以及其中虚拟人物的生活。

你的故事最适合哪种游戏类型?

记住,有些电子游戏可以结合多种故事类型。

过场动画与角色

从冒险游戏《神秘海域》(*Uncharted*)中的寻宝者内森·德雷克到怪诞科幻故事中的英雄人物拉奇和克朗克,电子游戏中充满了令人难忘的角色。在小说中,读者可以识别出主角,但在电子游戏中,他们自己就会变身为主角。这意味着电子游戏作者需要创造出对玩家具有吸引力的角色。想出一些独特、多样化的角色,让他们来充实你的游戏吧!他们需要反映出不同的潜在玩家的偏好。

在编写电子游戏脚本时,作者可以通过"过场动画"代入新角色。这些过场动画可以设置**情境**、创建**新环境**和提示**危险**,玩家们必须在游戏世界中做出应对,进行相关的探索。

游戏设置和目标

在每一款电子游戏中,玩家都需要实现一些目标。这些目标可能是他们需要寻找的宝藏或是必须解决的谜题。随着游戏的进行,故事会根据玩家的决定以不同的方式展开。在你正在创作的电子游戏中,推动故事发展的目标是什么?

电子游戏作者需要仔细考虑他们提供给游戏玩家的选择。

不同的行动会有什么结果?

游戏设计师通常会在游戏中不同的地方添加奖励,比如可以根据玩家的成绩解锁某个游戏装备。你可以创建一个设计规划,来展示玩家在游戏的每一关可能遵循的不同路径。

升级

游戏设计师希望人们拿起操控手柄就能开始游戏，并迅速学会一些游戏技能。与游戏后期所面临的挑战相比，玩家在游戏的开始阶段所面临的游戏任务应该更容易完成。这个过程可以让玩家在接受更难的目标之前，不断提高他们的相关技能并积累经验。

设计电子游戏时，将其视为一系列困难和挑战，每一个都比前一个难度要大些。

和你的朋友们聊聊电子游戏，看看他们最喜欢游戏中的哪些部分。你能把这些元素融入到你的电子游戏中吗？

> **瑞安娜·普拉切特说：**
> 故事固然重要，但游戏要遵循游戏设置和架构。鉴于此，故事要能契合其架构。理想情况下，故事应该与游戏玩法和关卡设计紧密结合，而不是彼此孤立。
>
> 瑞安娜·普拉切特是一名编剧，曾参与过《古墓丽影》(Tomb Raider)、《天剑》(Heavenly Sword) 和《镜之边缘》(Mirror's Edge) 等电子游戏的开发。

创作 同人 小说

如果你曾经沉浸于一个虚构的世界无法自拔，或者是读到书的末尾，却不想和故事中的人物说再见，你可能会忍不住去写同人小说。同人小说采用其他作家创造的人物和世界，并用它们编织出新的故事。

分享故事

同人小说作者经常在故事应用程序或同人小说网站上分享他们创作的故事。在这些网络空间里，有数百万的读者渴望了解更多有关他们喜爱的图书、电影和电视剧的信息。

同人小说的作者可以发布自己创作的故事，这些故事可以以福尔摩斯等已经存在的文学人物为主角，如此一来，他们就有了现成的读者基础。一些应用程序和网站可以为读者提供订阅服务，以便读者在新章节发布时得到提醒。这有助于为作者**造势**。一些作者发现他们在上传故事的最后一章时，已收获了数千名粉丝。

评论：1　赞：1　发布时间：1小时前

我的天哪！！！

评论：15　赞：8　发布时间：2小时前

我的天哪！！！

评论：60　赞：30　发布时间：3小时前

我的天哪！！！

同人小说最大的特征就是你可以走进另一个人的世界，重新制定规则，或是修改规则。故事并非一定要结束，你可以一直待在这个你喜爱的世界里，只要你想，只要你能保持创作灵感。

——《少女作家的梦和青春》（*Fangirl*），蓝波·罗威

重新合成一本书

你可以改变人物的视角，或者想象某一个关键时刻发生了改变会怎样。

小说《暮光之城》的作者斯蒂芬妮·梅尔通过互换其作品中两个主角的性别，重新创作了一本名为《生与死》(Life and Death)的新书。

你也可以从不同的书中选取人物来创作新的故事。漫画书非常喜欢运用这种创作手法，在宏大的跨时空场景中让来自不同世界的超级英雄一同登场。在这些故事中，你可以看到特警判官逮捕蝙蝠侠，或是超人和绿巨人进行决斗。

尼尔·盖曼说：

> 我认为巧妙地利用别人的想法和作品是艺术创作的一种完美有效的方式。而且，如果你想让自己的作品看起来很专业，那么使用公众已经接受的想法和作品更明智、更安全。

尼尔·盖曼是一名成人小说和儿童小说作家。

版权和不当行为

在创作同人小说时，你需要小心一些。你所借用角色的原著作者拥有其创作版权。虽然有些作家并不介意粉丝们以其虚构的世界为背景创作故事，但你不要试图出版这些故事。

一般而言，在原著作者去世数年后，这些图书的版权就会失效。每个国家的版权法各不相同，所以你需要核查你所在国家的版权法。在英国，你可以出版一本以吸血鬼德古拉为主角的小说，其创作者布拉姆·斯托克死于1912年。但是这本小说中不能包含当今的畅销书中的任何角色。

砰！